스토리의 변주와
서사의 자장

저자 박성천

전남대학교 영문과와 동 대학원 국문과 박사과정을 졸업했다(문학박사). 현재 광주일보
문학 기자 겸 예향 기자로 활동하고 있으며 전남대학교 강사로 학생들을 가르치고 있다.
2000년 전남일보 신춘문예에 소설이 당선되었고 2006년 소설시대 신인상을 수상했다.
소설집『메스를 드는 시간』, 기행집『강 같은 세상은 온다』, 연구서『해한의 세계 문순태
문학 연구』,『짧은 삶 긴 여백, 시인 고정희』등을 펴냈다.

스토리의 변주와 서사의 자장

초판인쇄   2014년   12월   10일
초판발행   2014년   12월   17일

저 자 박성천
발행처 박문사
발행인 윤석현
등 록 제2009-11호

주소   서울시 도봉구 쌍문동 358-4 3F
전화   (02) 992 – 3253 (대)
전송   (02) 991 – 1285
전자우편   bakmunsa@daum.net
홈페이지   http://www.jncbms.co.kr
편   집   최현아
책임편집   김선은

ⓒ 박성천, 2014. Printed in KOREA.

ISBN 978 – 89 – 98468 – 43 – 9 93810   값 15,000원

스토리의 변주와
서사의 자장

박성천 저

박문사

머리말

소설이란 무엇일까? 대학 때부터 소설을 공부하고 소설을 써 왔지만 여전히 알 수 없다. 평생을 연구하고 창작을 해 온 전문가들도 쉬이 정의하지 못하는데 하물며 연구도, 창작도 일천한 필자가 알기에는 여전히 미지의 세계다.

이 책은 대학원 박사과정에 입학해 학위를 받고, 이후 강사 생활을 하는 기간에 걸쳐 연구했던 논문들을 엮어낸 결과물이다. 여러 가지로 미흡하고 부족하지만 지금까지 공부해 온 과정을 매듭짓는다는 데 나름의 의미가 있다.

소설을 연구하거나 쓰면서 가장 관심을 가졌던 분야는 '스토리'와 '서사'다. 결국 소설이라는 텍스트는 무엇을 왜, 어떻게 쓰는가의 문제로 귀결된다. 스토리가 인물과 사건, 행위의 결합인 데 반해 서사는 작가가 특정한 의도를 갖고 스토리를 구조화한 담화적 장치다.

스토리와 서사 관계가 역동적일수록 독자들 또한 복잡하고 다양한 방식으로 반응하기 마련이다. 텍스트를 생산하고 이를 수용하는 상호 과정에서 다면적이고 다층적인 해석이 이루어진다는 것이다. 모든 담론들이 상황에 따라 유동적이며 다의적인 의미망을 형성한다고 볼 때, 이를 견인하는 핵심 요소는 다름 아닌 스토리와 서사의 길항 관계.

필자가 연구 대상으로 삼았던 공지영, 권여선, 박완서, 이태준의 소설들은 스토리와 서사가 열린 관계여서 단선적인 해석만으로는 포섭이 안 되는 특질을 내재한다. '이야기'와 '이야기하기'가 단순한 형식의 관계를 넘어 텍스트 내의 제 요소들과 다층적인 관계를 형성하고 있다는 방증이다.

책을 엮어내는 과정에서 아버지 생각이 많이 났다. 지난 여름에 소천하신 내 아버지(박영수 님)를 생각할 때마다 아직도 가슴이 먹먹하다. 아버지는 새벽 네 시면 어김없이 일어나 먼 거리를 걸어 교회에 나가 새벽 예배를 드리셨고, 돌아와서는 성경책을 읽으셨다. 평소에도 틈이 날 때마다 소설, 에세이 등 장르를 가리지 않고 독서를 즐기셨다. 아마도 지금 내가 글을 쓰고, 다루는 일을 하며 사는 것은 전적으로 아버지의 영향 때문이 아닌가 싶다.

하늘에서 나를 지켜보고 계실 존경하는 아버지께 가장 먼저 이 책을 드린다. 늘 넘치는 사랑과 기도를 아끼지 않으시는 어머니, 그리고 "당신은 할 수 있다"며 무한한 신뢰를 보내는 아내와 이제 갓 말문을 트기 시작한 아들에게도 "곁에 있어줘서 고맙다"는 말을 하고 싶다.

또한 녹록치 않은 언론 환경 속에서도 한길을 향해 묵묵히 나아가는 광주일보 가족들에게도 감사의 말씀을 전한다.

2014년 11월 빛고을 금남로에서 필자.

차례

제1장

공지영 소설 『별들의 들판』의 화자 담론 연구
「별들의 들판1」~「별들의 들판6」을 중심으로

1. 들어가며
시대의 자장(磁場)과 후일담 소설

공지영 소설은 대부분 80년대의 사회적 정황에 부채 의식을 지닌 채 90년대의 현실 변화에 적응하지 못하는 인물들의 삶을 서사화하고 있다. 다소 도식적인 평가를 감행한다면 공지영 소설은 철저하게 시대의 산물이라 할 수 있다. 대부분의 작품들이 보편적인 가치나 세계관을 문제 삼기보다는 80년대라는 특정 시대의 자장권 안에 있기 때문이다.[1] 이는 다수의 평자들이 공지영의 소설을 '후일담 소설'로 명명하거나 '세대론

---

1 김양선, 「주관적 시대와 여성 현실, 멜로드라마적 상상력의 변이 – 공지영론」, 『허스토리의 문학』, 새미, 2003, 27쪽.

적 패러다임'에 기반한 해석을 하는 근거로 작용한다.

본고에서 언급하고자 하는 『별들의 들판』[2]에 수록된 다섯 개의 단편과 한 개의 중편 또한 '후일담 소설'의 계보에 속하는 작품들로 이전 공지영의 작품 세계와 일정한 궤를 같이한다. 일반적으로 후일담 문학은 "주체의 혼란을 극복하여 새로운 주체상을 확립하려는 움직임의 산물"[3]이라는 명제가 뒤따르는데 이는 변화된 환경에 대한 작가의 주체적 대응과 독자와의 관계 설정에 대한 고민을 아우른다는 의미가 내재되어 있다. 따라서 후일담 소설은 과거의 체험을 박제된 시간 속에 버려두지 않고 현실 공간에 투영시킴으로써 작가의 자기반성적 인식을 확장하는 견인차의 역할을 담지擔持하는 것이다.

작가 공지영에게 베를린은 사람들의 삶이 교차되고 뒤얽히는 공간이다. 그곳은 고국으로 돌아가지 못하는 사람들의 서식처이고, 국적과 민족이 다른 사람들이 만나 사랑을 나누는 장소이며, 이념과 사랑을 잃어버린 사람들이 자기를 새롭게 찾아가는 공간이다. 베를린은 하나의 이념을 가리키는 표상이 아니라, 국적과 민족적 귀속성을 떠나 흐르고 넘치는 삶의 본성을 보여주는 곳이다.[4] 삶의 교차지로서의 베를린이 의미 있는 해석의 공간으로 전이되는 것은 각기 다른 시공간의 체험을 소유한 화자들이 나름의 시각으로 세상을 바라보고 '이야기하고' 있다는

---

2 공지영, 『별들의 들판』, 창비, 2004.(이하 출판사와 년도 등 생략.)
3 최강민 외, 『비평, 90년대 문학을 묻다』 작가와 비평편, 여름언덕, 2005, 43~50쪽 참조.
4 방민호, 「베를린, 서울 또는 부동浮動하는 현재와 새로운 삶」, 『별들의 들판』 해설, 258쪽.

의미이다.

한편으로 『별들의 들판』은 70년대라는 시간적 배경과 '베를린'이라는 특정 공간의 부가로 이전의 후일담 소설과는 다른 특질을 보인다. 수록된 작품 중 「빈들의 속삭임－베를린 사람들1」, 「네게 강 같은 평화－베를린 사람들2」, 「귓가에 남은 음성－베를린 사람들3」, 「섬－베를린 사람들4」는 80년대라는 시간적 자장磁場 위에서 서사가 형상화되고 있는 반면 「열쇠－베를린 사람들5」와 중편 「별들의 들판－베를린 사람들6」은 부분적으로 80년대를 배경으로 하지만 전체적인 측면에서 70년대를 배경으로 서사가 견인되고 있다는 점에서 여타의 후일담 소설과 변별된다. 물론 여기에는 지난 70·80년대의 체험을 바라보고 해석하는 화자의 탐색적 시각이 투영되어 있으며 과거의 체험이 현재의 서사를 역동적으로 견인한다는 사실이 전제되어 있다. 또한 이전의 후일담 소설, 이를 테면 「인간에 대한 예의」, 『무소의 뿔처럼 혼자서 가라』, 『더 이상 아름다운 방황은 없다』가 80년대 학생운동에 근거한 열정과 역사적 진실이 90년대라는 환멸의 현실에 봉착함으로써 파생되는 상처와 성찰에 주목하는 데 반해 「열쇠」, 「별들의 들판」은 2000년대의 시각에서 70·80년대를 조망할 뿐 아니라 부모 세대의 신산한 삶을 현재 자신의 삶과 중첩시켜 해석하고자 하는 작가의 내밀한 욕망으로 볼 수 있다.

채트먼은 서사물은 전달 체계이므로 왼쪽에서 오른쪽으로, 제작자에서 수용자에게로 향하는 화살표의 이동으로 그려진다고 본다. 실제 작가와 수용자도 전달의 역할을 수용하지만 그것은 다만 내포된 상태를 통해 이루어질 뿐 전달되는 것은 이야기, 즉 서사물의 형식적인 내용이며 그것은 담론, 즉 형식적인 표현 요소에 의해 전달된다는 것이다.[5] 이러한 관점은 서사물에서 '이야기'와 '이야기하기'란 단순히 내용과 형식의 관계를 넘어 후자가 전자를 규정하고 견인하는 기능을 담지한다는 것을 뜻한다. 이야기하기란 이야기 자체에 대한 초점뿐 아니라 그 이야기를 듣는 청자를 향해서도 일정한 기능을 수행하며 그 청자로 하여금 가장 효율적인 해석의 공간을 제공해주는 행위이다. 따라서 이야기하는 주체, 즉 화자의 기능이 중요한 것은 서술된 서사물 내의 제 관계들을 조율하고 상호 의존의 관계를 형성케 하는 데 있어 선결적인 역할을 수행하기 때문으로 풀이된다.

『별들의 들판』에서 '효율적인 해석의 공간'은 단연 '베를린'이다. 이 곳은 공지영의 작품이 내재하고 있는 일반적인 양상 "작가가 모든 것을 해석하고 설명하려는 욕망, 인물을 통어하려는 욕망"[6]이 필요 이상으로 투영된 공간이기도 하다. 다시 말해 '베를린'은 모티프로써 서사를 견인

5 담론은 이야기를 진술하기 위한 것이며 이러한 진술들에는 누가 무엇을 했는가나 무슨 일이 일어났는가에 따라서 혹은 단순히 이야기 속에 무엇이 있는가 없는가에 따라서 구별되는 두 가지 유형 – 경과와 정체가 있다. 시모어 채트먼, 한용환 역, 『이야기와 담론』, 고려원, 1991, 39~44쪽 참조.
동일한 용어라도 이론 체계에 따라서 상당히 다르거나 심지어 전혀 다른 가치를 가질 수 있다는 것은 분명해 보인다. 예컨대, 발의 '스토리'는 리몬－케넌의 '텍스트'에 상응하는 반면, 발의 '텍스트'는 리몬－케넌의 '서술'에 상응한다. 더구나, 상응이 있다고 해서 그것이 반드시 등가적이라는 의미를 갖지 않는데, 왜냐하면 각 이론가들이 윤곽을 다듬은 이 층위 범주들의 '모서리들'이 반드시 서로 정확하게 일치하지는 않으며, 심지어 그 층위 범주들이 동일한 선별의 원칙에 기초하고 있다 해도, 일치하지 않기 때문이다. 패트릭 오닐, 이호 역, 『담화의 허구』, 예림기획, 2004, 36~37쪽 참조.
6 김양선, 앞의 책, 218쪽.

할 뿐 아니라 의사소통의 상황과 다양한 해석을 담지하는 공간이기도 하다.

랜서는 인간의 담론은 보는 주체와 보이는 대상 사이뿐 아니라 주체와 한 둘의 청자, 인지 대상, 그리고 언어 그 자체와의 사이의 복합적인 면모를 띤 역동적인 상호작용에 따라 서술된다고 한다.[7] 이러한 관점은 담론의 형성과 직간접적으로 연계되는 주체들, 이를 테면 화자와 청자 그리고 서술자와 독자 등이 물질적, 정신적, 이데올로기적인 제 요인과 상호작용의 관계에 놓여 있음을 의미한다. 랜서의 이 같은 담론의 관점은 보는 행위가 말하는 행위 못지않게 중요한 기능을 수행한다는 것으로 두 행위가 텍스트의 해석과 소통의 문제에 있어 총체적으로 연관되어 있다는 뜻이기도 하다. 본고에서 거론하는 베를린 연작은 주인공 인물이 듣고 보았던 내용을 화자가 있는 그대로 전달함으로써 독자로 하여금 인물과 화자를 동일하게 느끼도록 강제하는 측면이 있다. 이는 화자가 텍스트의 담론을 매개하고 조정하는 '침입적'[8]인 성격을 띠고 있다는 의미로 필요에 따라 사건이나 제시되는 인물과의 거리를 조절하고 있다는 것을 말하기도 한다. 물론 이러한 화자의 선택은 궁극적으로

7 수잔 스나이더 랜서, 김형민 역, 『시점의 시학』, 좋은날, 1998, 8쪽.
8 화자의 침입의 정도, 자의식의 정도, 그리고 서사 대상이나 수화자로부터의 거리는, 그 화자의 인물 구성characterization에 기여할 뿐만 아니라 그 서사물에 대한 우리의 해석이나 반응response에 영향을 미친다. 즉 이야기되는 사건에 대해 논평을 하는 침입은 일정한 서술 연속 내에서 그 사건들이 갖는 중요성이나 본래적인 관심점을 두드러지게 해주고, 우리를 즐겁게 해주거나 지루하게도 해준다. 제랄드 프랭스, 최상규 역, 『서사학이란 무엇인가』, 예림기획, 1999, 20~26쪽 참조.

작가의 서술 전략에서 배태된 것으로 작가의 이념과 세계관을 반영한다는 사실이 전제되어 있다.

본고는 「별들의 들판1」~「별들의 들판6」에 드러나 있는 이야기하기의 특징, 다시 말해 화자의 말하기 방식과 이와 연계되는 인식의 제 측면에 대한 고찰을 시도하였다. 담론은 형식적 표현 방식이 구체화되는 과정으로 서사적 진술의 연속체라는 의미와 함께 작가의 의도를 실현하는 역동적 행위이다. 이러한 행위는 비단 텍스트 내의 서술 층위에 대한 상관관계를 드러내는 기능을 담당할 뿐 아니라, 일정 부분 텍스트 외부를 향한 작가의 관점과 관계에 대한 형식과 효과를 반영하기도 한다. 본고는 화자의 진술을 중심으로 환기되는 담론화에 초점을 둠으로써 후일담 성격이 강한 공지영의 소설이 일차적으로 작가 자신의 '주체성을 확립하려는 움직임'에서 나아가 표현 방식과 이데올로기 사이에 내재하는 간극을 어떻게 포괄하고 이를 독자와의 소통의 문제로 확장하고 있는가를 살피고자 한다.

2. 두 개의 세계와 이데올로기의 조응

'베를린 사람들1'~'베를린 사람들6'이라는 부제가 말해주듯 개개의 작품은 부동浮動하는 주체들의 삶을 다루고 있다. 소설 속 주인공들은 시대와 역사의 질곡에 휘말려 국외자로서의 부박한 삶을 살아야 했던 이들로 '경계인'적인 시각을 지니고 있다. 이들에게는 '디아스포라'의 의미,

즉 이산離散이 함의되어 있다.[9]

주지하다시피 '디아스포라'는 앞서 언급한 대로 "유대인의 경험뿐 아니라 다른 민족들의 국제 이주, 망명, 난민, 이주노동자, 민족 공동체, 문화적 차이, 정체성 등을 아우르는 포괄적인 개념"[10]이지만 현 시점에서는 점차 그 범주가 확대되어 가는 추세다. 한민족의 디아스포라 또한 기본적으로 일제의 식민 지배라는 근대제국주의 침탈과 연관성을 전제로 하지만 그것의 범주는 국제 정세의 변화와 제 요인의 유동적 요인과 무관하지 않다. 즉 세계화라는 거대한 변화가 시작된 20세기 말부터 디아스포라가 급속히 확대되어 현재로선 "가히 사회구조의 변동이라 할 만큼 인구는 물론 자본, 문화, 이데올로기의 유동 현상을 낳는"[11] 상황에 이른 것이다.

『별들의 들판』의 등장하는 주인공들의 의식의 기저에는 '디아스포라'에 의한 '이방인'적인 정서가 내재되어 있다. 화자가 주목하는 것은 이방인적 정서를 지니고 있는 이들 주인공의 존재방식과 과거와 현재의 삶에 대한 시각이다. 텍스트에서 화자의 초점은 다분히 '한국'과 '베를린'이라는 공간상의 경계 위에 걸쳐 있는 경우가 많다. 그것은 이쪽과 저쪽, 저쪽과 이쪽이라는 이분법적 가늠자로서의 배타적 입장을 의미하는 것

---

9 정은경, 『디아스포라』, 이룸, 2007, 10~11쪽 참조. 디아스포라는 역사적으로 보통 대문자 'Diaspora'를써서 '팔레스타인 또는 근대 이스라엘 밖에 거주하는 유대인'을 가리키는 말로 사용되어 왔다.
10 윤인진,『코리안 디아스포라』, 고려대학교출판부, 2004, 5쪽; 정은경, 『디아스포라』, 이룸, 10~11쪽 참조.
11 윤인진, 위의 책, 7쪽; 정은경 위의 책, 13쪽 참조.

은 아니다. 이는 화자가 전체의 스토리를 견인하고 담론 형성의 주체로서의 역할을 담당하지만 한편으로는 그 두 공간 사이에 걸쳐 있는 인물의 의식을 드러내고 연결하는 매개체적인 역할 또한 수행하고 있다는 의미이다. 「별들의 들판-베를린 사람들6」은 『별들의 들판』 작품 가운데 작가의 화자에 대한 전략이 극명하게 드러난 텍스트이다. 다음은 주인공의 베를린 방문을 몇 개의 시퀀스로 분절한 경우로 향후 화자의 태도와 시각을 분석할 수 있는 기초 자료의 기능을 담지한다.[12]

(1) 독일로 떠나는 이유 ···프롤로그
(2) 독일로 떠나기 직전의 상황과 공항 풍경 ·······················첫 날
(3) 독일 도착, 마중 나온 친구 영은을 만남
(4) 영은 친구 미진의 어머니를 만남 ·······························둘째 날
(5) 동생 나연과 그의 남자친구와의 만남
(6) 명섭과 오스나브뤼크로 떠남
(7) 오스나브뤼크에서 엄마의 단짝 선희 아줌마 만남 ··············셋째 날
(8) 예전에 엄마가 자던 방에서 단잠
(9) 선희 아줌마로부터 부모님 이혼이야기 들음 ··················넷째 날
(10) 거울 속에 비친 엄마의 영상과 수연의 단상 ··············넷째 날

소설은 스물아홉 여주인공 수연이 25년 전 베를린에서 헤어진 어머니와 쌍둥이 여동생을 찾아간다는 내용을 중심축으로 하고 있다. 현재라는 서술적 시간과 25년 전이라는 스토리 시간을 매개하는 것은 당연

---

12 주인공 수연의 4일간에 걸친 베를린 방문기는 프롤로그를 비롯하여, 3박 4일 일정으로 구조화할 수 있다.

히 화자지만 과거의 스토리 상황을 화자에게 들려주는 이는 제2, 제3의 인물인 미진의 어머니와 선희 아줌마이다. 이들은 70년대에 어머니와 함께 간호사로 독일로 파견을 왔던 인물들로 과거 어머니의 신산한 삶을 주인공인 수연에게 들려주는 역할을 수행한다. 이들의 담화는 전체의 이야기를 견인하는 화자에게 투영됨으로써 피화자와 독자로 하여금 수연 어머니의 삶을 비판적인 관점에서 바라보도록 강제한다.

위에서 보듯 4일간에 걸쳐 이루어지는 주인공 수연의 베를린 방문에는 두 개의 세계가 혼재되어 있음을 알 수 있다. 과거와 현재, 한국과 베를린, 이상과 현실, 허구와 체험이라는 서로 상반된 세계에 걸쳐 있다는 것이다. 다시 말해 주인공 수연의 의식에는 '베를린'으로 대변되는 25년 전 어머니의 삶과 '한국'으로 상징되는 자신의 현재의 삶이 교직되어 반영되어 있다는 것을 전제한다. 그것은 수연이 한국에서 베를린을 떠올리고 베를린에서는 한국과 관련한 사건을 떠올리며, 때에 따라서는 한국과 베를린을 동시에 상정하는 인식을 드러내고 있다는 사실에서 확인할 수 있다. (1), (2), (3)은 프롤로그와 서울을 출발해 독일에 도착하기까지의 상황으로 주인공의 소재는 서울임에도 불구하고 의식과 독백의 초점은 다분히 베를린에 맞추어져 있다. 반면 (4), (5), (6), (7), (8), (9)는 수연이 독일에 도착해 동생과 어머니의 친구들을 만나는 상황으로 물리적 공간은 베를린이지만 인식의 공간은 한국과 베를린에 중첩되어 있다. 이처럼 수연의 의식이 시공간을 초월해 한국과 베를린에 걸쳐 드러나는 것은 두 공간이 함의하는 공간적 특수성, 수연이 쌍둥이 동생과 자매라는 혈연관계의 특수성, 그리고 아버지와 어머니가 함께 했던 당시의 시대적 상황이라는 특수성이 맞물려 강제한 때문으로 풀이된다.

> 수연은 창밖으로 베를린을 내려다보았다. 세계 어느 나라의 도시라도 하늘에서 내려다보면 그렇듯, 강이 흐르고 차들이 달리고 나무들이 서 있었다. 이제 드디어 베를린에 도착한 것이다. 베를린, 그녀가 태어난 고향이면서 고향이 아닌 곳, 가끔씩 혼자서 그 이름을 발음할 때마다 탯줄을 묻어버린 벌판처럼 막막하던 그리움들, 저녁을 먹고 새엄마와 아빠가 거실에 앉아 방금 깎은 과일을 먹으며 낮은 소리로 조근거리며 이야기하는 소리가 열린 그녀의 방문 너머로 들려올 때, 인간은 과연 혼자인가보다 하는 생각을 했고 그럴 때 어김없이 떠오르던 그 도시. 그리워하기에는 너무 아는 게 없었고, 멀다고 하기에는 포기할 수 없었던, 엄마라는 이름을 따라오고야 만 도시. 베를린.
>   엄마와 아빠는 젊을 때 여기서 만났다고 했다. 한 사람은 광부였고 한 사람은 간호사. 거기까지는 어렴풋이 들은 기억이 났다.
>
> (공지영, 「별들의 들판－베를린 사람들6」,
> 『별들의 들판』, 창비, 2004, 160쪽. 이하 쪽수만 기록함.)

언급한 대로 인용문의 화자는 수연의 시선과 의식을 그대로 반영해서 전달하고 있다. 서울에서의 상황을 제시할 때는 서술상의 거리와 스토리상의 거리가 모두 가까운 관계로 장면 하나하나가 생생한 반면, 수연이 부모님의 젊을 때를 회상하는 장면에서는 스토리상의 거리는 멀지만 회상과 서술 사이의 간격이 가까운 관계로 수화자로 하여금 현실적인 측면과 상상적인 측면을 재고케 하는 효과를 불러일으킨다. 그것은 '베를린'과 '한국'이라는 공간이 함의하는 공간성이 인물의 의식을 지배하고 그 의식을 전달하는 화자의 태도와 입장까지 영향을 미치고 있다는 반증이기도 하다.

　이러한 화자의 양가적인 태도는 「열쇠－베를린 사람들5」에서도 동일하게 반복된다. 텍스트에서 주인공 최미진은 서독으로 파견되었던 광부와 간호사 사이에 태어난 인물이다. 아버지와 어머니의 만남은 앞서 「별들의 들판－베를린 사람들6」의 수연의 아버지와 어머니의 만남과 같은 원인에서 기인한다. 즉 경제 재건을 위해 달러가 필요했던 당시의 한국적 상황과 값싼 외국인 노동자를 고용하지 않으면 안 되었던 독일의 국내외적인 상황이 맞물려 이루어진 결과라는 사실이다. 또한 당시 두 나라에 내재한 전쟁과 분단이라는 시대적 산물의 결과이기도 하다. 이러한 배경적 요인은 다분히 텍스트의 기저를 형성하고 있는 대립된 세계와 시간 그리고 공간을 구조적 측면에서 이분법적으로 바라보게 하는 요인을 제공한다. 텍스트 내부적으로 이러한 구심력이 이분법적 시각을 강제한다면 주인공 미진의 시각과 담화를 전달하는 화자는 수화자로 하여금 이분법적 시각을 깨도록 텍스트 외부적인 원심력으로 작용하는 역할을 수행한다. 이는 '베를린'이 상정하고 있는 유동적 의미가 시종일관 미진에게 심리적인 영향을 끼치고 있다는 것으로 이를 전달하는 화자가 초점화자로써 보고, 느끼고, 인지하는 행위를 수행하고 있다는 의미이다.

　잠시 침묵이 흘렀다. 최미진 카타리나, 베를린 자유대학 독문학 석사과정. 27세. 간호사인 어머니와 광부 아버지 사이에서 태어남. 어머니는 현재 베를린에서 제법 큰 한국식당을 경영. 성당에서 매일 미사 때 음대생도 힘들어하는 반주를 이년째 하고 있음. 그는 누가 묻지도 않을 그런 신상

명세서를 마음속의 파일에 사각사각 쓰고 있었다.

"어머니를 경멸했고…… 돈 잘 쓰고 다니는 한국 유학생 친구들을 미워하고 질투하였습니다. 질투심 때문에…… 괴로웠습니다. 그리고……"

미진의 입술이 파르르 떨렸다.

"……간음하였으며 낙태하였습니다."

순간, 미카엘 신부는 자기도 모르게 제의 한자락을 힘껏 움켜쥐었다. 간음이란 단어 때문이었을까. 미카엘 신부는 다시 평온한 표정을 지으려고 했으나 미진을 똑바로 쳐다보고 있지는 못했다. 그녀의 고개가 푹 수그러졌다. 성당 뜰에 있는 자두나무의 마른 가지 위로 내리는 빗방울을 보았다. 지난 여름 비 내리는 날 미진은 그렇게 손에 자두 몇 개를 쥐고 그에게 다가와 말했다. 신부님, 이거 한국 자두래요, 드셔보세요, 제가 이쁜 걸로 골라왔어요. 그때 웃는 미진의 작고 붉은 입술은 자두보다 붉었다.

(「열쇠-베를린 사람들5」, 119쪽.)

미진은 서구의 생활 태도를 경시하면서도 한편으로는 대학에서 만난 한스라는 독일 남자와 동거를 하고 낙태를 한다. 겉으로는 "돈 잘 쓰고 다니는 한국 유학생 친구들을 미워하고 질투하면서도" 정작 자신의 생활 태도는 한국 유학생들의 그것과 별반 다르지 않다. 그러나 한국 유학생들과 변별되는 점이 있다면 미진이 자신의 행위를 반성적으로 바라본다는 것이다. 그것은 그녀가 태생적으로 '서울'로 대변되는 한국인 아버지와 어머니 사이에서 태어난 독일 교포 2세라는 점에서 그 원인을 찾을 수 있다. 즉 독일 남자와 동거를 하고 낙태를 한 행위가 '서구적'인 삶의 양상으로 치부된다면 죄책감에 못 이겨 괴로워하는 것은 '한국적'인 의식의 단면으로 읽힐 수 있다는 것이다.

텍스트에서 미진의 '경계인'적인 시각이 강하게 표출되는 부분은 미카엘신부에 대한 이중적 심리에서 두드러지게 드러난다. 강문자라는 재독 화가의 집에 초청되어 하룻밤을 유숙하는 동안 미진은 미카엘신부에 대한 육체적인 욕망과 종교적인 경건함 사이에서 번민을 한다. 각기 이웃한 방에서 저녁을 보내는 두 사람은 동일하게 잠금 장치를 한 뒤 열쇠를 밖으로 내버린다. 이것은 밤중에 욕망에 못 이겨 행여 인접한 방으로 건너갈 수 있는 가능성을 사전에 차단해버린 행위로 볼 수 있다. 이 같은 미진의 행위는 명백히 육체적인 '사랑'과 정신적인 사랑에 대한 관점이 충돌하고 있다는 사실을 보여주기도 하지만 한편으로는 '한국'으로 대변되는 의식이 '베를린'으로 상징되는 행위를 견제하는 것을 의미한다.

주지하다시피 서사 텍스트 비평에 있어서 공간적 해석은 공간과 시간의 미학으로부터 비롯된 것인데 문학 작품 또는 서사 텍스트의 해석은 비평 행위의 공간적 설명을 마련하고 더 나아가 그것은 서사물 또는 소설에 있어서 제2의 환상인 공간성을 인지하는 설명을 가능하게 해준다.[13] 이는 공간성이 단순한 서사의 배경적 요인을 넘어 동시성을 발현하는 측면으로 확장된다는 의미이다. 이러한 동시성은 서사를 이끌어가는 화자에 의해 지각적이고 심미적으로 형상화되는데 「열쇠-베를린 사람들5」와 「별들의 들판-베를린 사람들6」에 드러나 있는 서사의 공간성은 동시성을 재현하는 측면과 상징성을 함의하는 다의적 공간으

---

13 Joseph A. Kestner, *The Spatiality of the Novel*, Wayne State University Press, 1978, pp.13~32. 김병욱, 「언어 서사물에 있어서의 공간의 의미」, 『문학이론의 경계와 지평』, 한국문화사, 2004, 154쪽 재인용.

로 작용한다. 즉 화자의 발화가 어느 곳에서 이루어지는가에 따라 한국과 베를린이 함의하는 공간성은 그 역동적인 거리만큼이나 다의적 의미를 함의한다고 볼 수 있다.

2000년대는 30여 년 가까운 물리적인 시간의 거리만큼이나 내재하고 있는 이념의 좌표가 동일하지 않다. 70년대 유신독재체제의 서울과 현재의 서울이 같지 않은 것과 같은 맥락이다. 그리고 70년대의 베를린과 서울이 분단국가의 수도라는 역사의 상흔을 공유하고 있지만 현재의 두 도시는 각기 통일과 분단의 상징으로 분기된다. '닮은 듯 다른, 다른 듯 닮은' 두 도시는 「별들의 들판-베를린 사람들6」의 주인공 수연과 쌍둥이 여동생 나연의 현재의 모습, 그리고 「열쇠-베를린 사람들5」의 미진을 고스란히 반영하고 있다. 그렇다고 나연이 '베를린'을, 수연이 '한국'을 상징한다고 상정하기에는 무리가 있다. 또한 미진에게 어느 한쪽 도시만의, 나라만의 이미지가 투영되어 있다고 단언하기도 어렵다. 화자가 양가적인 태도를 취할 수밖에 없는 근원적인 이유가 이 때문이다. 서로 다른 시공간에 존재하는 인물의 삶과 서로 다른 시공간의 이미지가 삶에 투영되어 있는 인물을 전달해야 하는 화자는 '한국에서는 베를린을, 베를린에서는 한국'을 인식하지 않으면 안 되는 딜레마에 빠질 수밖에 없다. 화자가 경계에 선 관찰자의 입장과 전달자의 입장을 드러내고 견지할 수밖에 없는 이유가 여기에 있다.

3. 공적화자 – 사적화자 – 초점화자의 혼용

'베를린'과 '한국'이 함의하는 공간적 상징은 화자에 의해 구현되는데 이때의 화자는 다음과 같은 공적화자와 사적화자 그리고 초점화자로 구분된다. 이와 같은 양상은 공지영 소설의 서사적 특질, 일테면 "작가가 모든 것을 해석하고 설명하려는 욕망"[14]에서 기인하는 측면이 크다. 이는 수잔 스나이더 랜서가 언급한 '공적화자는 스토리 내의 인물이든 아니든 그 혹은 그녀는 작가–화자이며 허구적 세계에 존재를 드러내는' 존재라는 것과 일정 부분 궤를 같이 한다.

주지하다시피, 시점의 기능은 서술하는 주체와 재현된 세계 사이의 사회적 미학적 관계를 구조화할 뿐 아니라, 작가와 청중 사이의 문학적 상관관계를 표현한다. 달리 말해서 그것은 기교를 통하여 이데올로기를 통합하고 드러내는 기능을 할 뿐 아니라, 사회에 대한 작가의 관계가 텍스트에 끼친 영향을 드러내는 기능도 한다는 것을 의미한다.[15] 이는 보는 주체와 이 주체의 행위를 전달하는 화자는 작가의 담론을 구현하기 위한 기능적인 역할을 담지한다는 의미이기도 하다. 『별들의 들판』에서 화자의 두 세계에 대한 중첩적인 시각은 스토리의 허구적 공간이 내재하고 있는 현실적인 요인과 비현실적인 요인을 바라보는 작가의 인식이 투영된 결과로 볼 수 있다.

「별들의 들판–베를린 사람들6」에서 전체 서사의 틀을 견인하고

---

14 김양선, 앞의 책, 『허스토리의 문학』, 18쪽 참조.
15 수잔 스나이더 랜서, 김형민 역, 『시점의 시학』, 좋은날, 1998, 62~63쪽.

지지하는 '공적화자'[16]로서의 화자는 다분히 주인공 수연의 언술과 의식을 전달하는 측면에 초점이 맞추어져 있다. 반면 어머니에 관한 이야기를 수연에게 들려주는 엄마의 친구들과 과거의 시간과 현재의 시간을 유학생의 입장에서 바라보는 친구와 쌍둥이 동생은 다분히 '사적화자'의 자격으로 담론을 전달한다. 그리고 수연과 다른 인물들의 외적인 부분과 아울러 내적인 면, 이를 테면 의식과 인식적 측면의 반영은 '초점화자'가 맡고 있다.

물론 텍스트에서 초점화자와 공적화자, 공적화자와 사적화자 그리고 초점화자와 사적화자를 엄밀하게 구분하기는 불가능하다. 이는 텍스트에 반영되는 화자의 특징을 고려했을 때의 이야기로 어느 편에서는 세 측면의 화자의 측면이 동시에 반영되기도 한다.

① 아버지가 돌아가신 것과 회사를 그만둔 것, 혹은 진석과 헤어진 것 그 중 어떤 것이 먼저 떠나라고 그녀를 부추겼는지 그녀는 아직도 알지 못한

---

16 수잔 스나이더 랜서는 공적화자와 사적화자의 입장에 대해 다음과 같은 견해를 가지고 있다. 공적화자가 스토리 내의 인물이든 아니든 그 혹은 그녀는 작가−화자이며, 허구적 세계에 존재를 드러내고, 그럼으로 하여 공적인 소통행위를 수행한다. 공적화자는 피화자에게 직접적으로 전달될 수도 안 될 수도 있지만 공적화자의 담론의 수용자는 함축적으로 독자−인물이거나 텍스트의 "외부"에 있는 청중이다.…반면에 사적화자는 보통 허구세계에 묶여 있는 텍스트 내의 인물이며 그 혹은 그녀에게 말할 권위를 부여하는 세계의 존재에 의존해 있다. 사적화자는 흔히 공적화자나 다른 인물에 의해서 묘사된다. 게다가 사적화자가 그 혹은 그녀 자신의 이야기를 말하고 있든, 그 혹은 그녀가 한 부분이 되지 않는 이야기를 말하고 있든, 그 혹은 그녀의 서술목적은 이야기의 구도에(그리고 만약 있다면 공적화자의 목표에) 종속되어 있다. 수잔 스나이더 랜서, 위의 책, 142~152쪽 참조.

다. 따라서 자신이 엄마를 찾아 독일로 떠나간 일이 정말로 엄마를 찾아
간 것인지 증명할 길은 없는 것이다. 물론 아버지가 돌아가시지 않았거나
그녀가 다니던 출판사가 갑자기 파주로 이사를 가지 않고 그녀에게 난데
없이 억대의 연봉을 제시했더라면, 혹은 진석이 갑자기 우리 이제 결혼하
자, 하고 말했다면 그녀는 그리 가지 않았을 지도 모른다. 그런데 그녀는
떠났다. 낡은 흑백사진을 들고.

(「별들의 들판─베를린 사람들6」, 154쪽. 이하 제목 생략.)

② "그런 와중인데 네 엄마가 오자마자 독일 의사랑 연애를 하더구나. 기
숙사에 나가 그 집에 한 이삼년 살기도 하고……우리들 고향에서 배웠던
사고방식으로는 있을 수 없는 일이었지. 그 연애가 한 삼사년 끌었나. 그
러더니 난데없이 나타난 네 아버지와 결혼을 하더구나. 네 아버지 보훔에
서 왔으니까 우리들이 소문내면 안 될 거 같아서 내가 얼마나 조마조마했
는지……내 생각에 네 엄마 이미 처녀도 아니었을 거 같았는데 말이야.
사실 네 아버지가 끝내 네 엄마랑 헤어진 것도 나중에 그 소문을 들어서
그랬는지도 모르지."

수연이 의아한 눈으로 여자를 바라보았다. 어떤 사람을 판단할 때 처
녀라는 말이 나오는 게 이상했다. (182~183쪽.)

③ "이건 독토르 빌란트 슈미트라는 분의 시인데, 제목은 「쟈꼬메띠의 화
실」이라고 해요. 원래 그분의 시에서 사랑했던 장소를 빠리에서 베를린으
로 바꿨어요. 엄마는 베를린을 정말 좋아했거든요. 고향만큼이야 아니겠
지만 흐린 회색빛 하늘을, 습습한 바람을, 겨울이면 내리는 흰눈과 검은
숲이 있는 벌판 같은 도시를 정말 좋아했어요. 그래서 우리가 이 시를 엄
마 무덤에 새겼어요."

나연은 명섭의 통역이 끝나자 수연에게 다가왔다. 그리고 스스럼없이

수연을 안았다. 나연에게서는 레몬과 보리수꽃을 합쳐놓은 듯한 향수냄새
가 났다. (중략) 거의 수욘이라고 들리는 수연이라는 단어가 명섭의 통역
중에 들여왔다. 한국말로 이야기를 나누었다면 언니라고 해야 했을 그
단어.   (200쪽.)

④ 잠시 침묵이 흘렀다.

"베를린에서 대충 이야기 들었겠지만, 네 엄마 그렇게 된 거 실은 내
탓이 크다. 네 아빠와 결혼하고 좀 지나서 전화가 왔더라구. 난 그때 이
사람이 광산 나와서 재취업교육 받고 여기로 취직이 되어 여기 오스나브
뤼크로 막 이사왔을 때였는데, 전화를 해서 보고 싶다고 울더라. 네 엄마
정이 많은 사람이었으니까……어린 시절 우린 고향에서부터 날마다 붙어
다니던, 혈육보다 더 친한 사이니까. 나도 여기 이사와서 아는 사람 하나
없고 그래서 네 엄마가 보고 싶었지. (중략)"

삼분의 일쯤 남은 포도주잔을 들고 수연은 예, 예, 했다. 그게 엄마의
인생이 어긋난 것하고 자신의 인생이 모성 없이 형성된 것하고 어떤 관계
가 있는지 알지 못하면서 그러나 알아들어야 한다고 귀를 곤두세우면서
그랬다.   (225쪽.)

위의 인용문들은 수연이 한국을 떠나기 전과 베를린에 도착한 뒤
펼쳐지는 상황을 보여주는 예문들이다. ①은 프롤로그에 해당하는 예문
으로 수연이 독일로 떠나게 된 이유가 서술되어 있다. 서술의 시간상
가장 가까운 거리에 위치한 만큼 전체적인 스토리의 방향을 안내하는
역할을 담당한다. 때문에 다분히 공적화자의 기능을 담지하며 향후 전
개되는 일정(각주 12 참조.) 즉 (3), (4), (5), (6), (7), (8), (9)의 상황을
전체적인 맥락에서 조율하는 입장을 취하게 된다. 이때의 화자의 상대

격인 피화자는 텍스트 내의 허구적 인물보다는 '독자-인물' 또는 텍스트 외부의 청중을 향하고 있다는 것이다. 여기에서 화자는 사적인 담론을 전개하는 측면보다는 스토리에 진입하기 위한 친절한 안내자의 역할에 무게 중심이 실려 있다. 또한 이러한 공적화자의 입장은 주인공 수연의 베를린 일정을 그대로 텍스트에 반영함으로써 공적인 소통 행위를 견인한다. 당연히 이때의 화자의 담론은 언화의 문맥에 있어 작가의 영향[17]을 강하게 받기 마련이다.

반면 인용문 ②, ③, ④는 '사적화자'로서의 입장이 강하게 부각되어 있다. 각주 12에 나타난 일정과 비교하면 ②는 (4), ③은 (5), ④는 (6)이 해당한다. 각각의 예문은 수연이 영은 어머니로부터 듣게 된 엄마의 베를린에서의 삶, 쌍둥이 여동생 나연과의 만남, 그리고 나연의 남자친구 명섭이 들려주는 독일과 한국과의 관계 등을 드러낸다. 여기서 텍스트 전체를 지배하는 화자는 작가-인물의 목소리가 투영된 공적화자로 볼 수 있는 반면 엄마와 관련된 이야기나 한국과 독일과의 관계를 들려주는 화자는 사적화자의 특징이 강하게 드러난다. 각각의 사적화자

---

17 공지영은 『별들의 들판』 '작가의 말'에서 베를린에 일 년 동안 거주할 기회가 있었고, 소설을 쓰기 시작한 이후 베를린을 세 번 더 다녀왔다고 밝히고 있다. "그렇게 일 년이 지났다. 짐을 다 꾸려 서울로 돌아오는 비행기를 타는데 그렇게 좋을 수가 없었다. 그런데 돌아온 이후, 베를린은, 그 비 뿌리고 우박 내리고 폭풍우 몰아쳐 음산한 베를린, 해 짧아 어두운 그 무뚝뚝한 도시가 나를 따라다녔다. 그냥 사는 일로 생각하고, 실은 조금 귀찮아하며 내 아이의 친구 엄마와 연변 출신 불법체류자와 낙오한 유학생과 망명자, 한국 생각만 하면 아직도 서러움에 복받치는 동포들, 간호사 광부 출신들, 대사관 직원들과 특파원들…… 한국에만 있었더라면 평생 떠올리지조차 않을 사람들이 거기 있었다." 공지영, 『별들의 들판』 작가의 말, 창작과비평사, 2004, 260~263쪽 참조.

는 대립된 두 세계가 낳은 이산의 비극을 주인공 수연에게 들려줌으로써 수연을 통한 성격화의 객체가 될 뿐 아니라 서사적 인물로서의 기능을 담지하기도 한다.

한편 베를린을 방문하는 동안 화자는 주인공 수연의 내면과 의식을 '카메라로 비추듯' 세세하게 보여준다. 즉 초점화자의 역할을 수행한다는 의미인데 이른바 초점화자란 "공적화자와 사적화자 둘에 다 종속되는 수준에서 즈네뜨가 말하는 인물"로 상정할 수 있으며 무엇보다 "공간적, 시간적 그리고/혹은 심리적 위치를 통하여 텍스트의 사건이 인지되는 존재-기록자, 카메라, 의식"[18]으로 볼 수 있다. 물론 「별들의 들판-베를린 사람들6」에서 초점화자는 주인공 수연의 내부와 외부에 걸쳐 자리한다. 화자는 수연이 지각하고 인식하는 대상에 대한 느낌과 정서를 전달하는 초점화자의 기능을 담당한다. 다시 말해 관찰자적 입장에 의한 '외적 초점화'와 인물과 초점화자를 공유하는 '내적 초점화'의 역할을 수행한다.

---

18 초점화자의 존재를 표시 장치는 "그녀는 보았다.", "그는 놀랐다."와 같은 언화, 사고, 인지의 동사를 포함한다. (중략) 초점화의 문제는 실제로 이중적인 것이다. 텍스트가 어떤 인물을 초점화자로 사용하는 한, 그 페르소나의 가치와 개성은 시점을 탐색할 때 우리가 분석해야 하는 구조의 부분이 된다. (중략) 초점화된 인물은 또한 인물과 서술적 목소리 사이의 유사성을 표시하며 그럼으로 하여 화자의 심리적 입장의 중요한 색인을 구성한다. Genette의 초점화에 대한 관념은 초점화를 하나의 과정으로서 인식하지 초점화자가 서술적 주체와 같으며 그리하여 서술의 또다른 수준을 재현한다는 관념에 대해서 나는 Mieke Bal, "Narration et focalisation" (Poetique, 29[1977], pp.107~127)이란 저술에 힘입었는데, 그 저술은 그 자체가 Genette 이론의 비평이며 확충이다. 수잔 스나이더 랜서, 앞의 책, 142~152쪽 참조.

스토리의 변주와 서사의 자장

물론 이때의 초점화자는 "공적화자와 사적화자 둘에 다 종속되는" 관계로 전체적인 서사뿐 아니라 수연과 다른 인물들과의 관계를 떠받치는 보조적 입장에 놓이게 된다. 이러한 양가적 입장은 초점화자로 하여금 상황에 따라 작가-인물의 특징이 내재된 공적화자의 입장을 더 반영하거나 혹은 텍스트 내의 허구적 인물인 사적화자의 입장을 더 반영하는 관계를 도모하도록 강제한다. 예를 들어 4일간에 걸쳐 이루어지는 베를린 방문에서 수연의 이동경로를 따라 펼쳐지는 서사의 과정은 공적화자의 진술적 측면이 부각되는 데 반해, 그곳 사람들로부터 어머니의 과거와 관련된 이야기를 듣는 상황에서는 수연의 심리적 상태가 여과없이 드러나는 사적화자의 진술이 비중 있게 다뤄지는 것이 그와 같은 예이다.

　　한편 텍스트에서 공적화자, 사적화자, 초점화자의 혼재 양상은 「네게 강 같은 평화-베를린 사람들2」, 「귓가에 남은 음성-베를린 사람들3」에서도 드러난다. 다음의 예문을 보자.

> (A) 어제 감옥에서 나온 친구의 편지가 왔다. 맞고 묶이고 잠 못 자고 거꾸로 매달리고…… 그 고문을 멈추게 할 수만 있다면 고문하는 놈의 똥구멍이라도 핥을 것 같았다고, 내 동지라는 놈이 그렇게 해서 고문을 모면하겠다면 동지를 밀쳐버리고서라도 잘 핥아줄 수 있을 거 같았다고…… 보안사에 들어가서 본 것은 파쇼의 폭압보다 자신의 치사하고 비열한 진실이었다, 고 친구는 썼다. 수명아, 우리 선배 동건이형 미친 거 이해한다, 라고 친구는 썼다. 나는 답장을 쓰다가 찢어버렸다. (중략) 십년 전에는 목숨을 걸어야만 했던 일이 십년 후엔 구경거리가 된다. 그때는 죄가 되

었던 것이 지금은 죄가 안되기도 하고, 여기서는 죄가 되는 일이 비행기 타고 한시간만 가면 죄가 되지 않기도 한다.

(a) 베를린은 이상한 도시라는 수명의 말은 맞는 것 같았다. 그는 좁은 박물관을 이리저리 오르내리면서 밭은기침을 자꾸 했다. 무언가에 목숨을 건 사람들이 살던 도시, 고집을 부리고 버티던 인간들이 모여들어 죽어갔던 도시, '죽어도'라는 말을 자주 쓰는 인간들이 우글거리는 도시…… 로자 룩셈부르크와 마를레네 디트리히, 반대편에 히틀러도 있고, 저 벽을 넘다 죽거나 산 사람들이 있다, 지금 살아 있든 죽었든 그들도 말끝마다 '죽어도'라고 했음에 틀림없다, 고 그는 생각했다.

(「네게 강 같은 평화─베를린 사람들2」, 57~58쪽.)

(B) 그의 이름은 무엇이었을까, 나도 힌츠페터씨도 그것은 모르네. 내가 보기에 그는 낡은 셔츠를 입고 있었네. 힌츠페터씨의 해설이 내 입을 통해 번역되어야 했네.

　나는 지금도 필름 속의 이 남자를 잊을 수 없다. 며칠 후 이 남자는 죽었다. 나는 그가 머리에 총상을 입고 죽어 있는 것을 보았다.

(b) 내 통역을 듣고 휠체어에 앉은 힌츠페터씨의 눈가에 눈물이 고이는 것을 나는 보았네. 나는 그 이상의 표정을 읽지는 못했네. 내 팔뚝에는 소름이 돋고 있어서, 나는 힌츠페터씨와는 다르게 내 운명과 얽힌 광주를 생각하고 있었네. 멀리 화면 뒤로 보이는 대형 아치에는 "80만 힘 모아 활기찬 광주를"이라는 표어가 서 있었네. 물론 나는 그것을 통역하지는 않았지.　　　　(「귓가에 남은 음성─베를린 사람들3」, 80~81쪽.)

「네게 강 같은 평화─베를린 사람들2」는 신문사에 근무하는 최영명 기자가 베를린에 사는 사촌형 최수명을 만난 이야기를 다루고 있다. 최수명은 임수경 방북 사건에 연루되어 베를린에서 이방인으로 살고 있는 인물이다. 최영명 기자는 그와의 만남을 계기로 자신의 위선적인 삶을 돌아보게 된다. 인용문 A는 최수명이 쓴 일기로 여기에는 한국의 친구가 보내온 현지 상황과 이를 바라보는 최수명의 의식의 단면이 혼재되어 있다. 이때 최수명은 텍스트 내의 일기라는 형식을 통해 베를린에서의 삶과 한국 상황을 해석하고 비판하는 사적화자로서의 기능을 수행하고 있다고 볼 수 있다.

반면 인용문 a는 최영명 기자가 사촌형 최수명이 처한 입장을 전달하고 대변하는 공적화자의 시각이 두드러지게 드러나 있다. 따라서 최영명에게는 '작가－인물'의 목소리가 투영되어 있음을 알 수 있다. 이같은 공적화자의 담론이 집약되어 드러나는 최영명의 인식은 다름 아닌 "시대가 바뀌고 새로운 세대로 호명되어서도 여전히 상처받고 있는"[19] 80년대 세대들에 대한 작가 공지영의 의식의 한 단면으로 읽혀진다.

인용문 (B) 와 (b)는 「귓가에 남은 음성－베를린 사람들3」의 화자의 특징이 드러난 예문이다. 소설은 베를린에서 유학 중인 주인공 진수가 한국에 있는 친구 J에게 보내는 서간체 형식으로 이루어져 있다. 주인공 진수는 독일의 호수 도시로 유명한 라체부르크에 가서 80년 광주항쟁의 진실을 알렸던 독일인 사진기자 위르겐 힌츠페터 씨를 만나고 돌아와 J에게 편지를 쓴다. 여기에서 주인공 진수의 입장을 대변하고

---

19 김양선, 앞의 책, 218~219쪽 참조.

전체의 스토리를 견인하는 화자는 공적화자로서의 특징이 강하게 부각되는 반면 광주의 항쟁을 촬영했던 위르겐 힌츠페터 씨는 당시의 진실을 증언하는 사적화자로서의 기능을 발휘하고 있다고 볼 수 있다. 물론 진수의 발화는 다분히 작가-화자의 특징을 드러내고 있으며 힌츠페터 씨의 발화는 "허구세계에 묶여 있는 텍스트 내의 인물"로 소설적 형상화와 관련되어 있다.

이처럼 「네게 강 같은 평화-베를린 사람들2」, 「귓가에 남은 음성-베를린 사람들3」, 「별들의 들판-베를린 사람들6」에는 공적화자, 사적화자, 초점화자가 혼용되어 사용되고 있다는 것을 알 수 있다. 그것은 앞서 밝힌 대로 과거와 현재의 상황이, 다시 말해 '독일'과 '한국'이 동시에 텍스트에 반영되기 때문으로 풀이된다. 한편 서로 다른 인물을 통해 전해지는 이때의 시간은 계량이 가능한 경과의 의미를 벗어난 '주관적 시간의식'[20]에 근거한다. 삶의 궤적이 다른 인물들이 20~30년 전 자신과 관련된 타자를 기억하고 반추한다는 것은 주관적인 인식 행위에 다름 아니다. 이는 후설이 시간분석의 요건으로 들고 있는 시간의식과 관련지어 상정해볼 수 있는 것으로 "객관적 시간과 이 속에서 시간적-개체적으로 존재하는 객체는 이 근원적 감각질료인 주관적 시간의식에 근

---

20 후설은 『시간의식』에서 시간의식의 분석은 객관적 시간의 경과를 미리 상정한 다음 그 실재적 세계 시간 속에서 체험의 대상을 인식할 수 있는 주관적 조건을 규정하는 것이 아니라고 본다. 경험이 발생한 사실이 아니라 그 가능성과 본질을 해명하려는 인식 현상학은 의식에 주어진 것 즉 지속적으로 나타나는 내재적 시간 그 자체를 기술하는 것이라고 한다. 에드문트 후설, 이종훈 역, 『시간의식』, 한길사, 1996, 41쪽.

거해서 구성"된다는 의미를 상기시킨다. 화자의 혼용과 인물의 의식에 투영된 '주관적 시간의식'은 작가의 담론에 의해 견인된 서사전략으로 공지영 특유의 '후일담 문학'의 특징적 요소로 볼 수 있다.

4. 텍스트 외적 목소리의 담론화

『별들의 들판』 연작에는 공통적으로 상이한 두 세계가 강제한 상황에 의해 고통의 삶을 살아야 했던 인물에 대한 작가의 인식이 투영되어 있다. 주지하다시피 서사란 이야기하는 자와 듣는 자 상호 공존하는 층위의 결합임을 전제하는 것으로 여기에는 다양한 층위, 이를테면 내포작가, 피화자, 내포독자까지도 상정되어 있다는 것을 의미한다. 이러한 층위는 결국 작가의 담론으로 포괄되는데 여기에는 텍스트의 외적 서술자로서의 기능도 담지한다.

본고에서 다루고 있는『별들의 들판』 연작은 후일담 문학의 특성상 작가가 텍스트 구성과 관련하여 지나치게 개입하고 있다는 인상을 준다. 소설을 쓴다는 것은 작가에게 있어 또 다른 인물의 삶을 경험하는 것과 같다. 즉 작가에 의해 다른 인물의 삶이 텍스트화 된다는 것인데 이는 "외부의 요소들, 가령 독자와 환경, 다른 책 등과 접속"[21]이 가능하다는 의미다. 작가는 소통을 전제로 허구 내의 스토리뿐 아니라 허구

21 이진경, 「문학-기계와 횡단적 문학」,『들뢰즈와 문학기계』, 소명출판, 2002, 21쪽.

밖의 세상을 향해서도 목소리를 전달하는 존재이다. 텍스트와 별개로 보이는 담화도 작가적 진술의 방편에 의해 상정되는 건 이 때문이다. 다음의 예문들을 보자.

⑤ 국민소득 87불인 나라, "저 나라에서 희망을 찾느니 쓰레기통에서 장미가 피는 것이 빠르다"고 푸른 눈의 통신원이 서울에서 기사를 타전하던 나라에서 그들은 떠나갔다. 기적을 일으키는 라인강에는 그 기적의 연료가 되는 석탄이 필요했고, 전쟁의 상처를 딛고 일어난 독일의 젊은이들은 더 이상 땅속 깊은 곳으로 가고 싶어 하지 않았기 때문이다. 말도 모르고 얼굴도 다른 타국의 지하갱, 수직으로 1,200미터 거기서 수평으로 1,000미터, 바람 한점, 빛 한줄기 없는 40도의 고열 속으로 아버지들은 들어섰다고 했다.　　　　　　　　　　　　(「별들의 들판─베를린 사람들6」, 161쪽)

⑥ 남자를 만나고 헤어지고, 이념에 연루되고, 이 베를린 교포사회에서 소외를 당하고, 독일남자를 전전하고…… 그렇게 살았다는 것에 대한 연민이 가슴 깊은 곳으로 서늘하게 내려앉았다. 그것은 엄마라는 존재에게보다 그냥 여자가 여자에게 보내는 그런 공감, 혹은 동정 같은 것이었다.　　　　　　　　　　　　(「별들의 들판─베를린 사람들6」, 187쪽)

위의 인용문 ⑤, ⑥에는 화자의 목소리와 함께 작가의 목소리가 투영되어 있다. 이러한 양상은 결국 담론을 견인하려는 작가적 의도에서 비롯된 것이다. 수잔 스나이더 랜서는 "작가와 화자 사이의 상동성은 지시성의 수준에서가 아니라 상상력, 이데올로기 그리고 서술적 문체의 수준에서 작용한다"라고 본다. 또한 "스토리 세계에 참여하지 않는 화자는 관습적으로 작가적 목소리에 가장 밀접하게 연관되어 있다"[22]라는 관점을 견지한다. ⑤, ⑥은 스토리와 직접적으로 관련된 서술이라기보다 작품을 통해 작가 공지영이 궁극적으로 전달하고자 하는 의도가 투영된 언술로 볼 수 있다. 독일에 파견되지 않으면 안 되었던 광부들의 현실과 한국의 실상 그리고 이념에 의해 생이 굴절되어야 했던 한 여인의 기구한 삶을 작가의 목소리를 통해 드러내고 있다는 것이다. 따라서 인용문은 외견상 화자의 언술이지만 궁극적으로 작가의 목소리에 종속된 '이중음성'[23]의 양상을 띤다고 볼 수 있다. 여기에는 화자의 의식과 작가의 자의식이 일정 부분 혼재되어 있다는 것을 전제하는데 스토리라는 허구적 구도 속에서 발현되는 언술보다는 텍스트 밖의 독자를 향한 의식적인 담화로 볼 수 있다는 것이다.

이와 같은 '이중음성'의 양상은 「빈들의 속삭임 — 베를린 사람들1」과 「섬 — 베를린 사람들4」에서도 찾을 수 있다. 다시 말해 허구라는 텍스트 내부를 향하기보다는 외부의 독자를 향해 의식적인 '말 걸기'를 시도한다고 보는 것이다.

(C) 그리고 이제 이 광장에는 중년의 두 남녀가, 그 무모하고 발칙한 시절의 상처로 남은 아이를 사이에 두고 서 있다. 그녀는 아이의 손을 잡고 돌아섰다. 아이의 손에는 이제 저항은 없었다. 광장 가에 선 커다란 플라타너스에서 마지막 남은 이파리들이 떨어져 내리고 있었다. 이제 그녀는

22 수잔 스나이더 랜서, 앞의 책, 156~157쪽 참조.
23 하이만과 라브킨의 설명에 따르면 초점화자의 의식과 화자의 의식 병합에서 결과하는 이러한 "이중음성"의 시각은 텍스트적 시점에서 긴장과 힘 둘을 창조할 수 있다. 수잔 스나이더 랜서, 앞의 책, 147~148쪽 참조.

돌아가야 한다. 이 크라이스트처치의 가을에서 서울의 봄으로 그리고 다시 베를린으로 돌아갈 것이다. 흰 마로니에 꽃잎이 돌길에 수북이 쌓여 있는, 자주 비가 뿌리는 슈테글리츠 마리엔가, 그녀의 병원으로. 하지만 그녀는 십년 후라고 씌어진 다음 막幕으로 건너왔으나 대사를 다 잊어버린 광대처럼 그저 아이의 손을 잡고 걸었다.

(「빈들의 속삭임 - 베를린 사람들1」, 32쪽.)

(D) 그 여자가 아침 저녁으로 섬에 들렀던 그때가 벌써 이십년 전이었다. 이십년, 그 사이 무엇을 했나, 여자는 생각했다. 청춘을 쓰레기통에 처박은 죄, 나를 내다버린 죄, 내 몸뚱이 곁에 푸른 사과를 놓아주지 않은 죄…… 피할 수 없다면, 그렇다면, 즐기는 것, 오늘을 살 뿐, 그저 오늘을 견디며 살아갈 뿐…… 내일이 오면, 오늘이 되는 그 내일을.

여자는 걸음을 멈추었다. 섬이란 까페의 이름은 정현종 시인의 시였다. 그 시집의 이름은 고통의 축제. 그 카페에 앉아 여자는 그 시집을 읽었었다. 여자는 축제처럼 불빛들이 무성한 운터 덴 린덴가를 걸으며 향숙이 언니, 하고 불러보았다. 이제는 섬도 없고 섬 언니도 없는데, 그녀의 이름이 떠올랐던 것이다. (「섬 - 베를린 사람들4」, 112~113쪽.)

인용문 (C)에는 「빈들의 속삭임 - 베를린 사람들1」의 주인공 최유정이라는 여자의 의식의 단면에 작가의 목소리가 투영되어 있음을 알 수 있다. 최유정은 폭력적이고 가부장적인 남편과 헤어지고 독일인 남자와 결혼해 살고 있다. 아이를 만나기 위해 베를린에서 뉴질랜드로 온 그녀는 지금까지 작가 공지영이 그려온 80년대 운동권의 후일담 소설과는 다소 거리가 있다. 그럼에도 후일담과의 관련성을 찾는다면 "남편의 폭력에 저항하여 이혼을 선택한 최유정이라는 여인의 면모에서 여성 정체성을 지키기 위해 실존적 결단을 시도하던 1980년대형 여대생의 편린을 발견할 수"[24] 있다는 것이다. 물론 최유정이라는 인물을 통해 초점화되고 있는 문제가 여성과 시대 문제인 것으로 추정할 수 있으나 적절하게 융화되지 못하고 있다는 인상을 준다. 이 같은 양상은 지금까지 여러 논자들이 지적한 대로 공지영 소설이 지니고 있는 '욕망'과 '순수'의 혼재된 측면으로 볼 수 있는데 이는 작가의 의도된 개입, 다시 말해 허구 외적 목소리가 강하게 발현되고 있다는 것을 의미한다. 인용문에서 화자는 최유정으로 하여금 아이에게 돌아가야 하며 더불어 여성 정체성 또한 지켜야 한다는 당위성을 강요한다. 이는 다분히 텍스트 외적인 이데올로기가 투영된 것으로 작가의 의식차원이 반영되어 있다고 볼 수 있다.

인용문 (D)에서도 허구 외적 목소리는 곳곳에서 드러난다. 「섬－베를린 사람들4」는 주인공 서영의 두 지인에 관한 죽음을 다루고 있다. 한 명은 독일 S전자 지사장으로 서영의 선배 남편이고 다른 한 명은 서울 신촌의 '섬'이라는 카페의 여주인이다. '섬'의 여주인은 서영이 대학시절부터 믿고 따르던 친언니 같은 존재로 서영뿐 아니라 운동권 학생들에게 인정을 베풀어 준 인물이다. 그러나 현재의 서영은 남편의 외도와 경제적인 곤궁으로 삶의 의미를 상실한 채 '섬'처럼 유폐되어 있다. 그것은 가족과 운동권 학생들에게 모든 것을 내어주고 항상 빚에 눌려 살아야 했던 '섬'언니의 삶을 떠올리게 하는 기제로 작용한다. 서영은

---

24 방민호, 앞의 해설, 『별들의 들판』, 258쪽.

그 동안의 자신의 삶을 "청춘을 쓰레기통에 처박은 죄, 나를 내다버린 죄, 내 몸뚱이 곁에 푸른 사과를 놓아주지 않은 죄" 값으로 돌리고 있다. 이 같은 발화는 서영의 독백의 단면이기도 하지만 현재적 삶의 양태에 대한 작가 공지영의 비판으로 보인다. 또한 정형종 시인의 시 '섬'을 카페의 이름으로 차용한 것은 '섬'에서 반향되는 이미지를 통해 세대와 시대의 굴절이 가져온 환멸의 현실을 통어하고자 하는 의도로 읽혀진다. 다시 말해 인물의 삶과 시대적 상황에 견주어 작가가 의도적으로 목소리를 교직시키고 있다는 것이다.

랜서에 따르면 허구 외적 목소리는 작가가 이용할 수 있는 가장 직접적인 수단으로 본다. 그는 대부분의 소설적 소통은 허구 외적 수준에서 일어나지 않지만 허구 외적 목소리는 실제 양 이상의 영향력을 발휘한다고 본다.[25] 이 같은 작가의 허구 외적 목소리가 의도하는 바는 당연 독자를 염두한 교감이다. 이는 바흐친 문학이론의 핵심인 대화성[26]과 같은 맥락을 지닌 것으로 작가 공지영은 지나간 시대에 대한 인식을 토대로 텍스트 밖의 독자들을 향해 교감이라는 '말 걸기'를 시도하고 있다고 볼 수 있다.

---

25 수잔 스나이더 랜서, 앞의 책, 133쪽.
26 바흐친의 입장은 그의 용어 그대로 '대화주의자'라는 표현으로 가장 정확하게 압축될 수 있다. 바흐친은 어디까지나 대화적인 관계 속에서 문학을 논의하고자 하는 것이다. 그의 관점에서 보면 문학 이론은 작가나 독자 중에서 어느 한 편만을 강조할 수 없다. 마찬가지로 그것은 작품 그 자체나 혹은 작품의 문맥만을 강조해서는 안 된다. 그는 작가·독자·작품, 그리고 문맥 등 작품의 총체성 속에서 그것을 파악하고자 하는 것이다. 김욱동, 『대화적 상상력—바흐친의 문학이론』, 문학과지성사, 1988, 17~18쪽.

5. 나오며
통합적 세계와 다의적 공간의 지향

일반적으로 서사물이 '기호의 집합'이라는 사실은 일정한 메커니즘이라는 구심력과 이를 벗어나고자 하는 원심력에 의해 구조화되고 있음을 의미한다. 이는 관계의 그물인 사건의 연쇄와 이를 전달하는 진술이 다양한 양상으로 부가되어 있음을 전제한다. 공지영의 소설『별들의 들판』에 수록된「별들의 들판」연작은 2000년대의 시각에서 70·80년대를 조망할 뿐 아니라 부모 세대의 신산한 삶을 현 세대의 삶과 중첩시켜 해석하고자 하는 작가의 내밀한 욕망의 산물이다. 일부 논자들의 지적대로 이전 공지영 소설이 내재하고 있던 신파적인 요소와 동어 반복적 서술 행위의 재현이라는 비판도 없지 않지만 그럼에도 세대적, 시대적인 구획의 틀을 넘어 과거의 시간과 역사를 자신만의 독특한 서술 방식으로 형상화했다는 점은 나름의 의의를 지닌다고 보인다.

텍스트에 드러난 서술 양상의 특징으로 공적화자, 사적화자, 초점화자의 혼용을 들 수 있다. 작가−인물로 대변되는 공적화자가 전체의 텍스트를 견인하는 기능을 수행하는 반면 사적화자는 '독일'과 '한국'이 내재하고 있는 공간성을 견인하는 허구적 세계에 묶인 존재로서 서사적 기능을 담지한다. 또한 모든 것을 느끼고 지각하는 초점화자는 "공적화자와 사적화자 둘에 다 종속되는" 관계로 상황에 따라 작가−인물의 특징이 내재된 공적화자의 입장을 더 반영하거나 혹은 텍스트 내의 허구적 인물인 사적화자의 입장을 더 반영하는 기능을 발휘한다.

한편 「별들의 들판」 연작에서 작가는 독자와의 소통을 위해 허구 밖의 세상을 향해서도 목소리를 높이는 텍스트 외적 서술자로서의 기능을 담지한다. 허구 외적 목소리가 "작가가 이용할 수 있는 가장 직접적인 수단"이라고 본다면 이 같은 전략은 과거 인물의 삶과 현재의 삶을 교직시키려는 작가의 의도된 담론의 결과라고 보여진다.

이 같은 다양한 화자를 통한 서술 전략은 결국 텍스트의 허구적 공간인 '베를린'이 과거의 '베를린'에 머물지 않고 현재의 시간 속에도 존재하고 있다는 작가 공지영의 인식의 발현이라고 볼 수 있다. 다시 말해 텍스트 내의 '베를린', 고유명사로서의 '베를린', 작가가 상정하고 있는 '베를린' 그리고 독자들의 독서 행위 속에서 구현되는 '베를린'은 공간성이 확장된 '동명다도同名多都'로서 자리하고 있다는 것이다. 이는 과거와 현재를 분리된 것이 아닌 통합된 하나의 세계로 바라보려는 작가의 내밀한 욕망의 결과로 풀이된다.

텍스트에서 형상화되고 있는 인물은 모두 '들판'이라는 삶의 무대에 등장하는 '별'과 같은 존재들이다. '베를린'이 환기하는 정서와 인물들의 '디아스포라'는 역설적으로 현재의 삶에 대한 물음을 대변한다. "지나가 버린 것이 인생이고 누구도 그것을 수선할 수 없지만 한가지 할 수 있는 일도 있다. 그건 기억하는 것, 잊지 않는 것, 상처를 기억하든, 그것을 선택하는 일이었다."(「별들의 들판―베를린 사람들6」, 248쪽) 주인공 수연의 이 같은 독백은 삶은 기억하고 잊지 않는 것이며 또한 선택하는 일이라는 작가의 메시지 외에도 서사의 본질을 드러내는 인식의 한 단면으로 볼 수 있다.

제2장

권여선 소설의 서술 전략과 미학
「사랑을 믿다」를 중심으로

1. 들어가며

인간에게 있어 사랑은 영원한 서사의 주제다. 수많은 문학 작품과 예술
의 소재로 사랑이 다루어져왔던 것은 테마가 내재하고 있는 보편성과
특수성에 기인한다. 인간은 누구나 탄생과 결혼, 죽음이라는 통과의례
에서 자유로울 수 없다. 또한 사랑이라는 욕망에 의해 파생되는 삶의
역동성에서도 자유로울 수 없다. 사랑이 존재 자체에 대한 의미를 심화
시키는 기제뿐만 아니라 타자에 대한 관계를 가늠하고 지지해주는 요인
으로 작용하기 때문이다.

　「사랑을 믿다」는 사랑이라는 욕망과 가변성, 복잡성에 대해 주목한
다. 이 작품은 작가 권여선의 소설적 성취를 공인받게 한 2008년 이상문
학상 수상 작품이라는 점에서 의미를 지닌다. 지금까지 권여선은 "어느

정형에 갇히기를 고집스럽게 거부한다"[1]라는 평가를 받아올 만큼 서술 전략적 측면에서 다층적인 소설 미학을 구현해 온 작가로, 「사랑을 믿다」는 그러한 권여선 소설의 특징이 잘 드러난 작품으로 향후 그의 작품 세계를 가늠할 수 있는 규준을 제공한다.

「사랑을 믿다」는 사랑을 찾는, 즉 사랑의 의미를 탐색하는 과정에 초점을 둔 작품이다. 이른바 루카치가 서사주체의 목표로 상정하고 있는 '찾는다'라는 행위는 '객관적인 삶의 전체성이나 이러한 전체성이 주체에 대해 갖는 관계가 그 자체로서는 조화를 이루고 있지 않다는 사실을 주체가 인식하고 있다'는 것에서 출발한다.[2] 결국 '찾는다' 행위는 타자와의 조화를 이루기 위한 주체의 욕망이 확장된 것으로 세상과의 소통이라는 인식의 확장을 목표로 삼는다고 할 수 있다.

그러나 이러한 행위는 현실 속에서 다양한 양상으로 변모되거나 굴절되기 마련이다. 다시 말해 현실의 제반 여건은 주체로 하여금 욕망에 대해 나름의 개연성을 확보해 나가도록 강제한다. 욕망이 클수록 현실의 원칙은 더 가혹하게 주체를 억압하거나 전혀 다른 방향으로 주체의 행위를 견인하기도 한다. 욕망과 현실의 이러한 이항 길항의 관계는 사랑을 모티프로 하는 서사의 역동을 추진하는 기제이자 이를 통해 파생되는 사랑에 대한 의미를 탐문케 한다.

권여선의 소설 「사랑을 믿다」에서 드러나는 욕망과 현실은 '엇갈림'이라는 변수에 의해 변주되고 확장된다. 텍스트의 인물들은 끊임없이

1 김영찬, 「괴물의 윤리」, 『분홍리본의 시절』, 창비, 2007, 232쪽.
2 게오르그 루카치, 반성완 역, 『루카치 소설의 이론』, 심설당, 1985, 64~66쪽 참조.

현실 속에서 사랑을 찾는다. 그러나 이들 앞에는 항상 '엇갈림'이라는 변수가 놓여 있는데, 이 변수는 일정 부분 삶을 왜곡시키는 기제로 작용한다. 그러나 역설적으로 이러한 기제는 주체로 하여금 사랑이라는 감정의 보편성에 대한 인식의 확장과 더불어 삶의 의미에 대한 보다 총괄적인 인식을 강제하는 측면이 있다. 이는 「사랑을 믿다」의 전제가 "사랑을 믿을 수 있는가"라는 문제로의 전이를 견인함으로써 타자와의 관계에서 파생되는 삶의 본질적인 측면에 대한 심층적인 객관화를 시도하기 때문이다.

지금껏 권여선의 소설에 대한 연구는 거의 이루어지지 않았다. 다행히 2008년 이상문학상 수상을 계기로 그의 소설에 대한 연구가 조금씩 진행되고 있는 실정이다. 김영찬이 언급한 대로 권여선의 작품은 "어느 정형에 갇히기를 고집스럽게 거부" 하는 소설 양상을 보여주고 있는데 본 연구의 주요 텍스트로 삼고 있는 「사랑을 믿다」는 그런 작가의 독특한 서술 양상이 반영된 작품이다. 특히 작가는 '사랑'을 기반으로 한 인물들의 욕망과 현실에 대해 기존 작가들의 사랑 관련 소설과는 다른 차원의 서술 전략과 인식을 보여줌으로써 자신만의 독특한 '사랑관'을 보여준다. 다시 말하면 그의 사랑은 대중적인 사랑이나, 신화적인 사랑, 일탈로 치닫는 에로스적인 성애도, 정신병적 혹은 병리적인 징후를 드러내는 사랑도 아니다. 지극히 평범한 젊은이들의 사랑을 그리고 있지만, 그 이면에는 현실과 사랑, 엇갈림과 변수 그리고 이를 관통하는 위선적인 욕망이 특정한 시간대와는 무관한 통합적 관점에 의해 파악되고 의미가 구현되고 있어 새로운 탐색의 가능성을 열어두고 있다.

그리고 이를 서사화하는 작가는 시종일관 일정한 거리를 유지한 채 객관화를 시도한다. 그러나 이러한 객관화는 '무정형의 정형'이라고 할 수 있는 그의 독특한 서술 양상에 의해 의미의 다층성을 확대시키는 기제로 작용한다. 본고에서 다루고 있는 작가의 특징적인 서술 양상은 크게 세 가지로 집약된다. 엇갈린 사랑과 서술 상황의 지연, 담론에 의한 서사 공간의 확장, 상이한 시간 차원의 연결과 역동성으로 이는 결국 작가가 말하고자 하는 사랑의 의미를 표상하는 서사로 구조화된다. 이러한 특징적인 서술 양상은 사랑이라는 감정의 실체와 지향성을 매개로 독자를 향한 '말 걸기'에 초점이 맞춰진다. 사실 사랑의 열정과 엇갈림은 오랜 과거부터 현재를 거쳐 미래로 흘러가는 연애 관련 서사의 본질인 동시에 오늘을 사는 현대인들의 욕망과 타자와의 관계를 가늠할 수 있는 표지標識이기도 하다.

본고는 이와 같이 「사랑을 믿다」에 드러난 특징적인 양상을 통해 '무정형의 정형'으로 지칭되는 권여선의 서술 전략이 어떻게 서사의 개방성과 맞물려 사랑이라는 본질적이면서도 다층적인 주제를 구현하고 있는지 탐색하고자 한다. 이를 통해 작가가 제기하고 있는 '당신들의 사랑'은 어떠하며 그것의 의미는 무엇인가에 대한 질문에 답하는 것도 의미 있는 시도라고 보인다.

한편 텍스트 분석을 위해 슈탄젤의 『소설의 이론』과 채트먼의 『이야기와 담론』을 주요 서사 방법론으로 참고하였으며 인물들의 욕망과 엇갈린 관계를 탐색하는 부분에 있어서는 르네 지라르의 『낭만적 거짓과 소설적 진실』을 토대로 하였음을 밝혀둔다.

2. 엇갈린 사랑과 서술 상황의 '지연'

「사랑을 믿다」는 서른다섯 살 남자의 실연과 그가 삼년 전에 만났던 한 여자의 사랑에 관한 이야기를 다루고 있다. 남자의 실연이 서사의 모티프적인 성격을 띤다면 여자의 이야기는 사랑에 대한 본질적인 물음을 제기하고 그 의미를 탐색케 하는 '내화(內話)'의 성격을 지닌다. 그리고 이 모티프와 내화를 배경으로 그녀 친구의 사랑 이야기와 고모 아들의 죽음에 관한 이야기가 삽입되어 있다. 이들 서사의 근저를 이루는 핵심 키워드는 단연 '사랑'이며 이를 견인하고 의미를 확장시키는 기제는 엇갈림이라는 변수다.

이처럼 「사랑을 믿다」의 서사화는 엇갈린 사랑이라는 두 남녀의 만남과 헤어짐이라는 일정한 도식화에 의해 구조화됨을 알 수 있다. 이 엇갈린 관계는 구체적이고 명확한 사건이 존재하지 않음에도 이 소설을 특징 있는 서술로 견인하는 역할을 담지하는데 이는 사랑이라는 내밀한 욕망 이면에 자리 잡은 인간의 본성적인 측면을 부각시키는 요인으로도 작용한다.

한편 이와 같은 서술 양상의 도식화는 시종일관 텍스트에 대한 리듬을 떨어뜨리는 측면으로 작용한다. 리듬은 그만큼 역동적이며 긴장감을 불러일으켜 서사적 단조로움을 피할 수 있도록 강제한다. 슈탄젤은 『소설의 이론』에서 "기본 형태소의 교체가 많고 서술 상황간의 바꿈이 흔한 소설은 강한 소리 나는 리듬을 갖는다"[3]라고 본다. 그것은 역으로 서술 상황의 바꿈이 비교적 원만한 소설은 리듬감이 있는 역동적 상황을 견인한다는 것을 상정하는 바, 상황보다는 인물에 초점이 맞추어져 있음을 의미한다. 이러한 관점에 의거한다면 「사랑을 믿다」는 서술 상황의 바뀜이 적고 사건보다는 인물의 관계에 초점을 둔 서술적 리듬감이 약한 소설로 볼 수 있다. 이는 인물에 대한 정보를 최대한 줄이고 '서술 상황'을 느슨하게 전개시킴으로써 의도적으로 '거리'를 파생시키고 이 파생된 '틈'에 독자를 개입하도록 강제하는 측면이 있다.

그렇다면 텍스트에서 인물과 관련하여 드러나는 서술 양상의 특징적 측면은 무엇인가. 첫 번째로 인물 간의 엇갈림의 관계를 들 수 있다. 텍스트에서 화자인 '나'가 사랑하는 대상은 '그녀'이지만 '그녀'가 현재 사랑하는 사람은 '나'가 아니다. 또한 과거 '그녀'가 사랑했던 대상은 화자인 '나'였던 데 반해 당시 '나'는 다른 여자를 사랑하고 있던 상태였다. 이렇듯 텍스트의 '나'와 '그녀'는 사랑이라는 주체와 대상에 있어 시종일관 평행의 관계를 유지하고 있다. 이들의 엇갈림의 관계 이면에는 인물들의 욕망과 물질에 대한 기본적인 인식 차이에서 연유한다.

르네 지라르는 주체와 매개자 그리고 대상과의 관계에서 벌어지는 욕망의 복잡한 현상을 '욕망의 삼각구조'[4]로 설명한다. 이 '욕망의 삼각

---

3 프란츠 칼 슈탄젤, 김정신 역, 『소설의 이론』, 문학과비평사, 1990, 112쪽 참조.
4 지라르는 현대인의 욕망은 삼각형의 구조로 되어 있다고 보면서 소설의 주인공이 지니고 있는 욕망의 왜곡되고 비진정한 속성을 분석하고 있다. 이로써 시장 경제체제 사회 속에서 개인은 그 욕망마저 자연발생적인 것이 아니라 중개자에 의해 암시된 욕망을 소유하게 되었음을 제시한 셈이 되었으며, 그렇게 함으로써 주인공의 욕망구조와 주인공을 태어나게 한 사회의 경제구조 사이에 구조적인 동질성을 발견하게 하는 데 크게 기여한다. 르네 지라르, 김치수·송의경 역, 『낭만적 거짓과 소설적 진실』, 한길사, 2001, 21~34쪽 참조. 르네 지라르, 김진식 역, 『문화의 기원』, 에크리, 2006, 66~67쪽 참조.

구조'는 주체가 특정 대상을 원하지만 실질적으로 매개자의 욕망을 모방한다는 사실에 초점이 맞추어져 있다. 욕망은 현실의 바람이 투사된 것으로 주체는 욕망하는 대상을 소유함으로써 자신을 초월할 수 있다고 한다.

「사랑을 믿다」의 두 남녀는 끊임없이 '각기 만족하지 못한 자신을 초월하여 자기가 욕망하게 되는 대상을 소유하고자 하는' 욕망을 견지한다. 현재의 나에게 있어 이상적인 대상은 그녀지만 나는 그녀에게 다가가지 못하고 제삼자인 중개자를 모방하고 있다. 반면 과거의 나의 이상적 대상은 제삼자였고 그녀는 단순한 모방자에 다름 아니었다. 이처럼 두 인물은 사랑이라는 욕망에 있어 엇갈림의 관계를 유지한다.

① 현재의 나의 사랑
    주체(나), '중개자-모방(제삼자)', 대상(그녀)
    ↑↓
② 과거의 나의 사랑
    주체(나), '중개자-모방(그녀)', 대상(그녀 외의 삼자)

위에서 보듯 나의 사랑에 대한 대상은 과거와 현재라는 시간을 기점으로 다르게 나타난다. 즉 현재 나의 대상(그녀)에 대한 감정이 사랑인 데 반해, 대상(그녀)의 나에 대한 감정은 친구라는 우정의 상태에 머물러 있다. 진정한 사랑에 대한 욕망이 시차를 두고 엇갈린 관계로 드러나고 있는 것이다. 한편 그녀의 사랑에 대한 대상 또한 나의 그것과 동일한 양상으로 그려지고 있다.

③ 현재의 그녀의 사랑

　주체(그녀), '중개자－모방(나)', 대상(나 외의 다른 남자)

　↑↓

④ 과거의 그녀의 사랑

　주체(그녀), '중개자－모방(제삼자)', 대상(나)

　현재 그녀의 이상적 대상은 다른 남자이며 나는 모방자에 불과하다. 그녀는 나를 통해서 '간접화된 욕망'을 견지할 뿐 이상적인 사랑의 대상으로 보지 않는다. 반대로 과거의 그녀는 나를 사랑의 대상으로 원했지만 그때의 나는 다른 여자를 사랑하고 있었다. 이처럼 나와 그녀는 사랑이라는 욕망에서 항상 엇갈림의 관계에 놓여 있었던 것이다.[5]

　이와 같이 나와 그녀 사이에는 시종일관 일정한 '거리'가 존재하는데 이는 합치될 수 없는 변수로 작용을 한다. 이 거리는 단순한 현재와 과거를 지지하는 시간만을 의미하지 않는다. 두 인물 사이에 내재하는 심리적인 '거리'로 이를 강화시키는 특정 기제는 다름 아닌 두 인물의

---

5 권여선의 다른 작품 『푸르른 틈새』의 주인공 손미옥의 유년시절의 사랑과 성인이 되고 난 후의 사랑도 일정 부분 변별되는 양상을 보인다. 전자가 아버지에 대한 그리움과 두려움으로 대변되는 '오이디푸스 콤플렉스'적인 사랑인 데 반해 후자는 남녀 간의 연정인 에로스로 볼 수 있다. 이 두 양상의 사랑은 시간과 공간이라는 변수에 의해 엇갈림의 관계를 이룬다. 대학생이 된 미옥은 종태와 친구와 연인 사이라는 어정쩡한 관계에 놓여 있다. 그에 비해 한영에 대한 감정은 사랑에 가깝다. 그러나 한영의 감정은 수진을 향하고 있어, 이들의 사랑은 시종 엇갈린 관계를 유지한다.
① 유년의 사랑(과거)
　주체(화자－손미옥), 중개자('파랑새'), 대상(아버지)
② 대학생 이후의 사랑(현재)
　주체(화자－손미옥), 중개자(종태), 대상(한영)

서로 다른 경제적 상황이다. 즉 두 인물 사이에 내재하는 경제적 상황, 물질을 바라보는 관점이 관계를 왜곡시키는 주요 원인으로 작용한다. 여기에 '가치'와 '소유'의 문제가 제기되는 것이다.

시장경제체제에서는 대부분의 사람들이 진정한 가치인 사용가치를 추구하는 것이 아니라 비非진정한 가치인 교환가치를 추구함으로써 가짜 가치의 지배를 받는다.[6] 가짜 가치의 지배는 대상과 주체 사이의 낭만적 열정이 일종의 거래의 형식으로 존재한다는 것을 의미한다. 「사랑을 믿다」에서 대상의 사랑을 얻는데 실패한 인물들은 결국 '교환가치'라는 경제적 관점에서 그 원인을 찾게 된다.

그녀의 어머니는 탁월한 훼방꾼 역할을 했다. 그녀는 결국 큰고모님 댁을 방문하기로 했다. 어머니가 며칠 동안 계속해서 조르지 않았다면, 그리고 혹시 그 사람이 금전적인 문제로 자신을 떠났을지 모른다는 망상이 그날 아침 그녀의 머릿속을 가득 채우지 않았다면 그녀가 무거운 선물 보따리를 들고 큰고모님 댁을 찾아가는 일은 없었을 것이다.

"금전적인 문제로 실연을 당했단 말이야"

나는 그녀가 실연을 당한 적이 있다는 말을 들었을 때보다 더 놀랐다.

(권여선, 「사랑을 믿다」, 『2008 이상문학상 작품집』, 문학사상사, 24쪽. 이하 작품집, 출판사명은 생략함.)

6 르네 지라르, 앞의 책, 21~22쪽 참조. 이와 같은 견해는 골드만이 주장하는 '자본주의 사회와 소설 간 구조적 동질성'을 떠올리게 하는 측면이 있다. "소설이란 타락한 사회에서 타락한 형태로 진정한 가치를 추구하는 이야기로 규정지을 수 있으며 주인공에게 이 타락은 주로 매개화 현상, 즉 주인공이 진정한 것으로 생각하는 진정한 가치가 암묵적인 차원으로 끌려들어가 자명한 현실로서는 사라지는 것으로 나타난다." 자크 레에나르트, 허경은 역, 『소설의 정치적 읽기』, 한길사, 1995, 29쪽.

인용문은 그녀가 과거에 집착했던 사랑의 대상에 대해 어떠한 인식을 하고 있었는가를 보여준다. 물론 과거의 그녀와 현재의 그녀는 동일인이지만 감정은 동일하지 않다. 과거에는 화자를 짝사랑하는 주체였던 데 반해 현재는 제삼자를 사랑하는 주체로 변해 있는 것이다. 이러한 변화의 시발은 다분히 경제적 측면, 다시 말해 '교환가치'에 의해 사랑을 '소유'하고자 했던 욕구에서 비롯된 것이다. "그 사람이 금전적인 문제로 자신을 떠났을지 모른다는 망상"은 그녀로 하여금 그를 둘러싸고 있는 '사회 환경'을 바꿔주면 사랑을 이룰 수도 있었을 것이라는 환상을 갖게 한다. 물론 이때의 사랑은 진정성이 담보된 가치 있는 감정이라기보다는 다분히 개인주의적 자본주의가 개입된 가짜 욕망에 다름 아니다.

마찬가지로 과거 나의 내 여자에 대한 사랑도 이상적인 그것과는 거리가 멀다. 이는 경제적 측면에 의해 이별이 이루어졌음을 짐작케 하는 것으로 사랑이라는 감정 이면에 허구와 가면이 숨겨져 있다는 것을 의미한다.

> 그녀의 말을 듣는 순간 나는 불현듯 내 여자가 나를 떠난 이유가 금전적인 데 있을지도 모른다는 망상에 사로잡혔다. 그럴 수 있었다. 충분히 그럴 수 있었다. 그렇다면 지금 나는 워낙 몰리고 있는 셈인가. 어이없게도 그랬다.　　　　　　　　　　　　　　　　　　　　　　(25쪽.)

인용문은 나와 옛사랑이었던 내 여자와의 관계가 어긋날 수밖에 없는 이유가 '금전적인 이유'와 무관치 않음을 보여준다. 또한 지금의 내가 "워낙 몰리고 있는" 것도 다분히 '금전적인 이유'에 있다고 보고 있다. 이는 '교환가치'에 의한 '간접화된 욕망'이 주체와 대상의 엇갈린 관계를 매개하고 견인하는 기제로 작용하고 있다는 것을 뜻한다. 이 같은 욕망에 근거한 인물 간의 엇갈린 관계는 텍스트의 처음부터 끝까지 반복적으로 드러나고 있는데 이는 동일한 양상을 반복함으로써 서술의 리듬을 약화시키는 효과를 발휘한다. 다시 말해 서술 상황의 바뀜을 가급적 지양함으로써 역동적인 상황을 배제, 독자로 하여금 서술 상황에 대한 '개입'을 용이하게 하려는 의도로 보인다.

두 번째 서술 양상의 도식화는 인물에 대한 정보를 드러내는 방식에서 찾을 수 있다. 서술자는 시종일관 외적인 측면을 통해 내적인 측면을 보여주는 전략을 견지한다. 텍스트에는 특정한 사건이나 인물 간의 첨예한 갈등 관계가 드러나 있지 않다. 대신에 인물들의 외양에서 드러나는 정보를 통해 독자들로 하여금 서사적 상황에 대한 상상력을 유발하도록 강제하는 측면이 있다. 이는 이야기 서술자가 목격자로서의 '나'와 편집자로서의 '나'의 특성이 발현되어지기 때문으로 풀이된다. 물론 이때의 '나'는 카메라적인 시각을 통해 대상에 대한 정보를 보여주는 목격자로서의 '나'의 역할에 보다 초점이 맞추어지게 된다. 물론 이때의 서술적 상황은 서술자가 편집한 장면 내에서 일정한 양상에 지배를 받기 때문에 변화나 전이와 같은 역동성을 기대할 수는 없다.

언급했다시피 텍스트 내에 인물의 정보는 구체적으로 드러나 있지 않다. 나이 외에는 직업, 환경, 취미, 교육의 정도, 출신지, 성장 배경, 서로에 대한 감정 같은 기본적 요소가 철저하게 베일에 가려져 있다. 때문에 독자는 서술자의 인물에 관한 묘사나 상황에 대한 진술을 통해 스스로 의미를 해석할 수밖에 없다.

하지만 그녀에 대해서 이것만은 확실히 말할 수 있다. 첫인상은 평범했지만 콧날 끝에서 윗입술에 이르는 인중선이 깎은 듯 단정해 과녁처럼 시선의 포인트가 잡혔다는 것. 그래서 사람들이 그녀의 윗입술의 움직임에. 다시 말해 그녀의 말에 집중하게 된다는 점에서 어쩌면 막연히 예쁜 얼굴보다 여러모로 유리한 얼굴이라 할 수도 있었다. 키는 중간 정도에 날씬한 편이었다. 몸매도 성격처럼 기름기가 없이 박하처럼 싸한 기운을 내뿜었다. 그녀는 머리가 나쁘지도 않았고 몸이 게으르지도 않았다. 그렇다고 재빠르다는 느낌을 줄 만큼은 아니었는데, 마치 암컷 영양처럼 우아하게 민첩하고 영리할 따름이었다.   (14쪽.)

위의 인용문은 서술자가 인물에 대한 정보를 어떻게 노출시키고 있는가를 보여주는 대목이다. 첫인상에 대한 서술자의 시선은 다음과 같다. 즉 콧날→ 윗입술→ 인중선→ 얼굴형→ 키→ 몸매→ 머리로 이어지고 있음을 알 수 있다. 이는 인물의 외양에 대한 정보이지 심리적인 측면과는 무관하다. 그러나 서술자의 이러한 인물의 외양 묘사는 곧 인물의 내면을 드러내기 위한 장치로 볼 수 있다. 첫인상을 통해 드러난 그녀의 전체적인 평가는 '암컷 영양처럼 우아하게 민첩하고 영리'하다는 점이다.

언급했다시피 이와 같은 서술 양상은 텍스트에 대한 서술적 리듬을 떨어뜨리는 측면으로 작용한다. 즉 인물에 대한 구체적이면서도 내밀한 정보는 최대한 줄이고 '서술 상황'을 느슨하게 전개시킴으로써 의도적으로 '거리'를 파생시킨다는 것이다. 행위의 구체성을 생략함으로써 그 행위에서 빚어지는 감정을 차단한다는 것이다. 이는 독자로 하여금 느슨한 상황에 개입하도록 여지를 열어두는 장치로 작용한다.

세 번째 서술 양상의 도식화(반복)는 주체가 사랑의 대상에 대해 갖는 양가적인 태도를 꼽을 수 있다. 인물들은 동일하게 사랑의 대상에 대해 다분히 양가적인 입장을 취한다. 사랑과 우정 사이에서 어정쩡한 태도를 취한다는 점이다. 현재의 그녀에 대한 나의 태도가 그렇고, 과거의 나에 대한 그녀의 태도가 그렇다. 다시 말해 현재의 나는 그녀를 "사랑한다"라고 고백할 수 없는 것처럼 과거의 그녀 또한 '나'를 "사랑한다"라고 말할 수 없었다. 나와 그녀는 서로 엇갈림의 관계라는 사실을 알고 있지만 그 사실을 내색하지 않는 '배려'를 베풀고 있는 것이다. 그로 인해 텍스트의 어느 부분에서도 "사랑한다"라는 직접적인 발화는 드러나 있지 않다. 이는 당장 고백을 해 사랑을 잃는 것보다 침묵함으로써 우정을 택하겠다는 뜻으로 해석된다. 한편으로 이는 자존심을 지키려는 의도된 행위, 즉 "넘쳐흐르는 감정의 절실함보다 한 오라기의 자존심을 선택하는 인색한 성격"(14쪽)에서 비롯된 측면이라고도 할 수 있다.

다음의 인용문은 화자의 성격의 일면을 알 수 있는 독백이자 대상에 대한 양가적 태도가 드러난 부분이다.

내가 기억하는 한에서 그녀는 못생긴 편도, 매력이 없는 편도 아니었다. 내 어법이 이렇게 졸렬하고 인색하다. 누군가가 아름답다든가 매력적이라고 말하는 일이 나로서는 쉽지가 않다. 대상이 아름답다거나 매력적이라고 긍정하는 순간, 불현듯 그 규정의 한 모서리가 대상과 어긋나는 듯한 불편함이 나를 사로잡는다. (중략) 그녀에 대해 여기까지 생각한 후 나는 잠시 어리둥절해졌다. 취기 때문에 내가 그녀에 대해 너무 너그러워진 건 아닌가 하는 생각이 들었다. 그럴 수도 있다. 그녀도 나만큼이나 서툴고 겁이 많은 인간이었다는 걸 나는 안다. (중략) 하지만 내가 무슨 말을 하겠는가. 마지막으로 그녀를 만난 이래로 내 머릿속의 그녀는 어디에 놓든, 무엇을 담든, 항상 아담하면서도 고독해 보이는 도자기의 윤곽선을 떠올리게 한다.   (13~14쪽.)

위에서 보듯 감정의 절제는 다분히 대상에 대한 인물의 양가적 감정에서 기인된 것으로 보인다. "못생긴 편도 매력이 없는 편도" "아름답다거나 매력적이라고 긍정하는 순간" "대상과 어긋나는 듯한 불편함" 같은 표현은 어느 편에도 치우치지 않는 감정의 상태를 보여주는 것이다. 이와 같은 감정의 절제는 인물의 내면을 교묘히 숨김으로써, 달리 말하면 양가적 태도를 견지함으로써 상대와의 일정한 감정의 '거리'를 유지할 수 있게 하는 원인으로 작용한다.

한편 이와 같은 인물들의 양가적인 태도를 보여주는 서술 양상은 이들의 또 다른 사랑의 대상인 '제삼자'에 대한 태도에서도 동일하게 반복된다. 서술자는 나와 그녀 사이에 존재하는 제삼자에 대한 정보, 예컨대 직업, 나이, 환경, 출신지, 교육의 정도, 취미 등등과 같은 사항에 대해 단 한 번도 보여주지 않는다. 또한 제삼자와 관련된 어떠한 구체적인 사건이나 정황도 텍스트에는 기술되어 있지 않다. 나와 그녀의 태도와 일단의 심리적 상태를 통해 그들의 존재가 조금씩 드러날 뿐인데 이는 제삼자에 관한 사항 또한 전적으로 독자가 구현하고 해석하라는 작가의 치밀한 의도에서 기인된 것으로 보인다.

이처럼 서술자는 나와 그녀에 대해 동일한 거리를 적용하고 있다. 이 거리는 서술 양상으로 유형화되는데 구체적인 발화와 구체적인 정보를 생략함으로써 다양한 해석의 가능성을 열어 놓는다. 다시 말해 서술 리듬을 약화시킴으로써 다분히 텍스트 해석에 대한 독자의 자발적인 개입을 유도하려는 전략의 일환으로 보인다는 것이다.

3. 담론에 의한 서사 공간의 확장

「사랑을 믿다」는 각기 다른 인물의 사랑 이야기를 다루고 있다는 점에서 구조의 복잡성을 내재한다. 나와 그녀의 각각의 사랑 이야기를 전달하고 있는 서술자는 개별적인 에피소드를 일인칭 서술자의 입장에서 전달한다. 인물들의 사랑 이야기는 화자인 나에 의해 서술되는데 이때의 나는 서술하는 자아와 경험하는 자아의 특징을 지닌다. 그리고 그녀의 에피소드와 그녀의 친구의 에피소드를 전달하는 서술자도 나로 통합된다. 그러나 이때의 서술자는 나로 발화되지 않고 이들의 이야기를 전달하는 역할을 담당한다. 이로 인해 플롯은 '펼쳐지는' 양상으로 전개되며 사건보다는 인물에 초점이 맞추어짐으로써 전통적인 서사물에서 중시되는 인과적인 경향을 뛰어넘는다.

김영찬은 「사랑을 믿다」의 플롯 양상을 세 겹의 '액자형식'의 구조라고 지적한다. 그의 견해에 따르면 텍스트는 세 개의 이야기 구조로 나뉜다. 실연한 서른다섯 살의 남성 화자인 '나'가 현재 시점에서 혼자

술을 마시며 전달하는 내레이션이 소설의 바깥 이야기外話를 이루고, 삼년 전의 '나'가 만난 '그녀'가 술집에서 들려주는 실연의 후일담이 그 안쪽에 삽입되며內話, 그 일 년 전 '그녀'가 실연한 친구를 위로해주는 술자리 이야기가 다시 그 안에 또 삽입되어 있다는 것이다.[7]

텍스트에 드러난 세 인물의 사랑 이야기는 서술자인 나에 의해 전달되고 있지만 내레이션 위주의 외화를 제외하면 두 개의 내화는 다분히 인물 시점의 효과를 의식한 서술 방식을 채택한 것으로 보인다. 즉 인물 시점의 서술 방식은 가치 판단이나 의미 파악에 있어 일정한 객관적 유효성을 견지할 수 있다는 점이다. 이러한 서술 방식은 작가가 어느 특정 인물의 사랑 이야기에 무게 중심을 두지 않고 골고루 분산시키고 있다는 의미로 풀이된다.

이야기의 분산은 서사의 확장을 의미한다. 서사의 확장은 재해석과 재창조를 견인한다. 이는 독자의 적극적인 역할을 강조하는 것으로 텍스트의 기저에 드리워져 있는 서사적 공간을 보다 역동적이며 가능성 있는 해석의 장으로 수용하라는 의미이기도 하다. 흔히 스토리와 대립된 개념으로 담론을 지칭하는데, 이때의 담론은 언술적인 국면을 지칭하는 것으로 이야기가 어떻게 표현되었는가 하는 방법적인 인식에 초점이 맞추어진다. 채트먼에 따르면 "내용이 소통되는 모든 수단"이라는 뜻을 지니는데 여기에는 화자의 평가나 해석과 같은 요소가 포괄된다.

「사랑을 믿다」에서는 '사건들을 수행하거나 사건에 의해 영향을 받

---

7 김영찬, 「사랑의 교환 경제와 체념의 윤리」, 『2008 이상문학상 작품집』 작품론, 문학사상사, 2008, 337쪽.

는 실재물[8]인 이야기 공간, 다시 말해 서사적 공간이 거의 드러나 있지 않다. 때문에 여기에서의 담론은 각기 다른 사랑 이야기가 구조화되는 서사적 공간(이야기 공간)을 어떻게 재해석 하느냐의 문제로 귀결된다.

공교롭게도 텍스트에 드러난 세 인물의 사랑 이야기는 사랑을 하는 자의 관점에서 사랑이 끝난 후의 자신의 입장을 반영하고 상대의 입장 까지도 예측하고 있다는 점에서 공통점을 지닌다. 여기에서 '술집'은 이들의 사랑 이야기가 서술되는 공간으로써의 기능을 담지한다. 때문에 그곳은 사랑에 관한 이야기가 전개되는 배경으로서의 공간뿐만 아니라 사랑에 관한 에피소드가 서술자에 의해 해석되고 평가되는 담론의 공간 으로까지 확장된다.

다음은 「사랑을 믿다」를 삽화 형식에 의해 몇 개의 시퀀스로 구조 화한 것이다. 각기 다른 인물의 사랑 이야기를 전달하는 양식의 서술은 기본적으로 서술자의 심리적 태도와 관점을 드러낼 뿐만 아니라 독자로 하여금 서사적 공간의 확장과 재해석을 유도한다.

(1) 술집에 대한 짤막한 단상을 펼쳐놓는다.
(2) 지난 2월 저녁 나는 술집에 들른다.
(3) 3년 전 그녀를 만났던 때를 떠올린다.
(4) 3년 만에 만난 그녀는 경제관념이 생겼다.
(5) 그녀는 2년 전 자신의 친구가 겪었던 실연에 대해 이야기한다.
(6) 그녀 친구의 실연에 모종의 유대감을 느낀다.

8 시모어 채트먼, 한용환 역, 『이야기와 담론』, 고려원, 1991, 132쪽.

(7) 그녀는 친구보다 앞서 1년 전 겪은 실연당한 이야기를 한다.

(8) 그녀는 실연의 상처를 잊기 위해 노력한다.

(9) 고모 집에는 낯선 사람들이 고모를 기다리고 있다.

(10) 낯선 사람들은 철학관을 잘못 알고 찾아온 사람들로 판명이 난다.

(11) 고모부는 일 년 전 자살을 하고 고모는 지난달에 뜨거운 물을 잘못 마신 것이 화근이 돼 돌아가셨다.

(12) 나는 술집을 나오며 그녀 고모부 내외와의 인연과 사랑에 대해 생각한다.

위의 시퀀스는 텍스트가 서로 다른 세 인물의 사랑 이야기로 구조화되어 있음을 보여준다. 그러나 좀 더 세밀하게 분석해보면 여기에 또하나의 사랑 이야기가 추가된다. 나, 그녀, 그녀 친구의 이야기 외에 고모의 사연도 기본적으로 사랑에 관한 이야기 범주에 포함될 수 있다. 끔찍하게 사랑했던 아들이 불의의 사고로 숨지고 난 후 고모부가 자살을 하고 심신이 쇠약해진 고모가 뜨거운 물을 잘못 마셔 죽게 된다는 내용이다. 사랑하는 대상이 사라져버린 현실이 결과적으로 고모부 내외를 죽음으로 내몬 것이다. 이 같은 내용은 명백히 서술자에 의해 진술된 내용으로 고모 아들의 죽음에 관한 어떠한 서사적 정보도 구체적으로 드러나 있지 않다. 마찬가지로 언급했다시피 나, 그녀, 그녀 친구의 사랑에 관한 이야기 또한 정보와 사건보다는 다분히 서술자의 진술이나 인물 간의 대화에 부분적으로 드러나 있을 뿐이다.

그렇다면 서술이 이루어지고 있는 공간과 서사적 공간과는 어떻게 조응되고 있는가. 술집이라는 공간을 매개로 서술되고 있는 사랑의 서사는 궁극적으로 담론의 확대를 견인한다. 먼저 위의 시퀀스를 각기 인물이 겪은 사랑을 토대로 분류하자면 다음과 같다.

① 나의 사랑 이야기는 외화外話적 기능을 담당하는 관계로 소설의 처음과 중간, 그리고 끝부분에 해당한다. 스토리 구조상 (1), (2), (3), (6), (12)는 외화의 형식을 띠는 반면 내용적으로는 나의 사랑 이야기에 초점이 맞추어져 있다. ② 그녀의 사랑 이야기는 (7), (8)이 해당하며 ③ 그녀 친구의 사랑 이야기는 (5)가 그리고 ④ 그녀 고모에 관한 이야기는 (9), (10), (11)에 해당한다. 이처럼 텍스트에는 ①~④에 연계되는 삽화가 각기 나름의 사랑에 관한 이야기 구조를 형성하고 있음을 알 수 있다.

그러나 각각의 사랑 이야기와 고모에 관한 이야기는 따로 독립되어 있으면서도 모두 사랑과 관련하여 통합되는 구조로 이루어져 있다. 그것은 주인공인 나의 사랑에 관한 스토리가 사랑의 대상이었던 그녀의 스토리와 긴밀하게 연계될 뿐 아니라 짝사랑에 실패한 그녀 친구의 사랑 이야기와 의미상 상호 교감의 관계를 이루기 때문이다.

위에서 보듯 모든 인물의 사랑 이야기는 '술집'이라는 공간을 매개로 서술된다. 텍스트는 화자인 주인공이 '술집'에서 사랑에 관한 아픔을 회상하며 독백하는 내용으로 시작되어 결국 사랑은 믿을 게 못 된다는 결론을 내리는 것으로 끝이 난다.

"동네에 단골 술집이 생긴다는 건 일상생활에서는 재앙일지 몰라도 기억에 대해서는 한없는 축복이다."   (11쪽.)

"나는 기차간 모양의 술집 분위기를 내는 이 단골 술집에 혼자 앉아, 맞아 그때 그런 얘길 했었지라든가 왜 그랬을까 그녀는, 하고 생각한다."

(41쪽.)

이처럼 겉으로 드러난 이야기의 구조는 술집에서 시작되어 (1) 술집에서 끝이 나는 (12) 형식으로 되어 있다. 술집은 모든 인물의 사랑 이야기가 수렴되는 공간이지만 역으로 모든 사랑에 관한 서사가 무한히 열려 있는 공간으로서의 의미를 담지한다. 또한 그녀가 자신의 친구가 겪었던 실연에 관한 이야기를 하는 것이나 (5)~(6)의 그녀가 친구보다 앞서 겪었던 사랑의 아픔을 이야기하는 (7)~(8)의 공간도 모두 술집을 배경으로 서술되고 있다. 또한 그녀의 고모 내외에 관한 이야기도 (9)~(11)의 화자가 그녀를 통해 들은 내용을 술집에서 회상하는 형식으로 서술되어 있다.

유일하게 서사 공간(이야기 공간)의 기능을 일정부분 포괄하고 있는 공간은 그녀의 고모집인 '삼층 건물'이다. 그녀가 사랑의 상처를 잊기 위해, 아니 자신의 실패가 금전적인 이유였다는 사실을 알고 재산 상속을 염두하고 고모 집을 찾아간 것이다. 그곳에서 그녀는 철학관인 줄 알고 찾아온 낯선 사람들로 인해 황당한 일을 겪는다. 이렇듯 삼층 건물은 그녀와 관련된 소소한 사건이 발생한 서사적 공간의 의미를 지닌다. 그러나 고모 집과 관련된 사건도 결국은 그녀가 술집에서 나에게 했던 이야기를 서술하는 형식에 수렴된다. 이는 액자형식인 플롯의 특성에서 기인한바 외화에서 내화로 다시 내화에서 외화로 이어지는 서술 상황을 반영한 것으로 보인다. 이처럼 서술이 이루어지는 공간은 비교적 명확하지만 이야기가 이루어지는 서사적 공간은 '삼층 건물'을 제외하고는 거의 드러나 있지 않다. 결국 실재 세계에서 보이는 서사적인 부분, 다시 말해 인물들의 사랑에 관한 구체적인 사건이나 에피소드는 전적으로 독자가 구현해야 할 상상의 몫으로 남겨지는 것이다.

또한 텍스트는 다양한 서술 상황이 연이어 이루어진다기보다 어느 특정한 서술 상황의 변조에 의해 하나의 리듬을 이루는 형식으로 전개되는 특징을 지닌다. 때문에 여기에 다른 인물의 실연 후일담을 첨가해도 전체의 구도는 크게 달라지지 않는다. 예를 들어 주인공 '나'의 짝사랑 상대였던 여자의 실연 후일담을 일화로 삽입한다 해도 전체적인 맥락을 손상시키지는 않는다는 것이다. 그것은 '나'가 과거 자신을 좋아했던 현재의 그녀를 외면하고 다른 여자를 선택했지만 그 여자로부터 실연을 당하고 지금의 그녀에게 다시 마음이 돌아와 있는 상태이기 때문이다.

또한 서사 공간의 확장은 텍스트를 접하는 독자들의 '담론 공간'[9]에 대한 적극적인 재해석과 상상력에 의해서 가능하다. '보이거나 감추어진' 공간은 특정한 사건과 연계돼 서로 다른 공간과 시간적 지향의 태도를 환기시킨다. '술집' 외의 장소에서 이루어진 에피소드와 사건들이 무한히 증식 가능한 것은 이 때문이다. 한마디로 술집은 '탈영토화된 열린

---

9 일반적인 자질로서 담론−공간은 '공간적 관심의 초점'으로서 정의된다. 그것은 내포독자의 관심이 담론에 의해 정해지는 구조화된 영역이다. 전체적인 이야기 공간 속의 담론 공간의 매체의 요구에 따라 화자나 카메라의 눈을 통해, 영화에서는 명시적으로, 언어 서사물에서는 비유적으로 '드러나거나' 감추어진다. 시모어 채트먼, 위의 책, 140쪽.

공간'으로서의 의미를 포괄한다. 그러므로 「사랑을 믿다」는 기본적으로 외화(①)와 내화(②), 내화(③), 내화(④)로 구조화되어 있지만 내화(⑤), 내화(⑥)…등으로 무한히 확장이 가능한 구조라는 것이다.

물론 이러한 가능성은 '사랑의 감정은 변한다'라는 전제에서 출발한다. 한때는 관심조차 없었던 대상이 사랑으로 다가오고, 과거에는 사랑했던 대상이 현재에는 감정과는 무관한 타인이 되어 있는 현실은 그만큼 역동적이고 다양한 해석의 가능성을 열어둔다. 따라서 화자의 '개인적인 멜로디=개인적인 사랑'이라는 언술은 사랑의 보편성과 가변성, 그리고 서사라는 삶 일반의 개방성을 의식한 독백으로 보인다. 제랄드 프랜스는 "서사물의 서사성이란 것은 그 서사물의 구성 요소나 그 배열 상태에만 기인되는 것을 넘어 그 서사물이 수용되는 맥락, 구체적으로 말해서 그 서사물의 독자와도 밀접하게 연관되고 있다"[10]라는 견해를 피력한다. 독자에 의한 담론 공간에 대한 적극적인 해석이 서사 공간의 무한한 확장으로 이어질 수 있음을 의미한다.[11]

---

10 제랄드 프랜스, 최상규 역, 『서사학이란 무엇인가』, 예림기획, 1999, 223~230쪽 참조

11 권여선의 다른 소설 『푸르른 틈새』 또한 크게 두 이야기로 구성되어 있다. 하나는 '파랑새 신화'에 근거한 어린 시절에 관한 부분과 또 다른 하나는 '젖은 방'으로 대변되는 대학 생활에 관한 부분이 그것이다. 이 두 이야기 축을 중심으로 서사가 펼쳐지기 때문에 스토리는 지극히 단순할 수밖에 없다. 그러나 두 개의 스토리를 배경으로 씨줄과 날줄이 엮이듯 전개되는 부수적인 서사와 곳곳에서 포착되는 아포리즘적인 작가의 내적 언술은 '푸르른 틈새'가 사실은 '열린 플롯'을 지향하고 있음을 알 수 있다. 다음은 텍스트에 드러난 스토리를 바탕으로 서사를 구조화한 것이다.
(1) 이사를 가기 위해 계약을 한다.
(2) 구토와 함께 시작된 대학생활에서 동기 종태를 만난다.

그러한 측면에서 「사랑을 믿다」라는 제목이 함축하는 의미는 작가가 말하는 '공인된 서사성'이 아닌 다분히 '맥락적 서사성'을 지지한다고 볼 수 있다. 그것은 '사랑'과 '믿다'라는 용어의 상징이 맥락이 수용되는 측면에서 의미의 다양성을 견인하기 때문으로 풀이된다.

4. 상이한 시간 차원의 연결과 역동성

권여선의 소설은 그리 명확하지도 친절하지도 거창하지도 않으며 오리혀 의도를 드러내지 않고 감춘다. 그러나 드러내지 않은 것에서 우리는 결국 진실을 보게 되며 그런 것들은 오래 아름답다.[12]

「사랑을 찾다」에서 세 인물의 각기 다른 사랑 이야기는 엇갈림이라는 동일한 결과로 귀착되지만 그 결과에 이르게 한 원인과 과정에 대한 언급은 나타나 있지 않다. 텍스트에 제시되어 있는 것은 단지 '실연'이라는 결과와 이를 받아들이는 인물의 심리 상태뿐이다. 앞서 언급한 대로 직업이나 학력, 취미, 재산, 거주지 등 일반적인 소설의 인물에

---

(3) 나의 출생 배경인 '파랑새 신화'에 관한 에피소드가 소개된다.
(4) 어린 시절 외가 식구들이 몰려와 함께 살던 이야기가 펼쳐진다.
(5) 여성성의 욕망에 눈을 뜨게 되며 차츰 종태와 가까워진다.
(6) 아버지가 실직을 하고 골방으로 밀려난다.
(7) 사랑하는 한영과 이별을 하고 종태에게서 그의 결혼소식을 듣는다.
(8) 교통사고로 돌아가신 아버지의 장례를 치르고 '젖은 방'에서 이사를 간다.
12 권지예, 「드러내지 않은 것에서 진실을 보게 하다」, 『2008 이상문학상 작품집』 심사평, 문학사상사, 2008, 316쪽.

대한 정보가 아예 생략되어 있다. 이러한 인물에 대한 의도적인 정보의 차단은 독자로 하여금 작가적 담론이 무엇인가에 대한 본질적인 의문을 갖게 한다. 여기에 시종일관 일정한 톤으로 진행되는 화자의 들려주기 방식은 다양한 서사 시간의 변주와 맞물려 의미에 대한 탐색의 어려움을 가중시킨다.

「사랑을 믿다」에는 동일하게 네 개의 시간대, 즉 '현재 – 현재 직전 – 과거 – 과거 이전'이 등장한다. 현재는 서술 시간을, 현재 직전은 회상을, 과거와 과거 이전은 스토리 시간을 대변한다. 물론 여기에서 과거와 과거 이전은 사건 위주의 스토리 시간보다는 서술 시점에서 바라본 사랑과의 관련된 일련의 장면에 가깝다. 이는 사건으로 치부하기에는 인물들의 행위가 거의 드러나 있지 않기 때문으로 풀이된다.

한편으로 '권여선이 어떤 정형에 갇히기를 고집스럽게 거부하는 작가'[13]라는 평단의 시각은 이와 같은 시간 전략과도 무관치 않다. 시간은 바로 '무정형의 정형'의 특징을 지닌 서사적 요소 가운데 하나로 의미화된 사건과 이 사건을 표현하는 담론적 층위를 매개하는 역할을 담지한다. 다음의 인용문들을 살펴보자.

(T3) 동네에 단골 술집이 생긴다는 건 일상생활에는 재앙일지 몰라도 기억에 대해서는 한없는 축복이다.   (11쪽.)

---

13 김영찬, 「괴물의 윤리」, 『분홍리본의 시절』 작품론, 창작과비평사, 2007, 232~247쪽 참조.

(T4) 지난 2월 늦은 저녁이었다. 혼자 이 술집에 들른 것은 내 입장에서도 다소 의외였다. 나는 소주나 막걸리를 즐기지 않았고 이 집은 맥주나 와인 같은 것은 팔게 생기지 않았다. 그런데도 나는 문을 열고 들어가 자리를 잡고 술을 시켰다.   (11쪽.)

(T5) 어쩌면 그때 그녀에게서 들은 묘한 얘기 때문인지도 모르겠다. 삼년 전 내가 한 여자로부터 실연을 당했을 즈음의 얘기이며, 그녀를 한동안 못 보고 지내다 삼 년 만에 만났을 때의 얘기이다.   (14쪽.)

(T6) 나는 그녀와 이십대 후반을 함께 보냈다. 자주 만날 때는 일주일에 두어 번, 드물어도 한 달에 한두 번은 만나는 사이였다. 딱히 약속을 정해서 만난 기억은 없었다.   (17쪽.)

(T7) "한 이 년쯤 됐나?"
    그녀가 혼자말하듯 중얼거렸다. (중략)
    "실연당한 친구 덕에 이 집에 알게 됐지."
    실연이라는 말에 나는 기습을 당한 듯 움찔했다.   (18쪽.)

(T8) 그녀의 어머니는 탁월한 훼방꾼 역할을 했다. 그녀는 결국 큰고모님 댁을 방문하기로 했다. (중략)
    "금전적인 문제로 실연을 당했단 말이야?"
    나는 그녀가 실연을 당한 적이 있다는 말을 들었을 때보다 더 놀랐다.
                        (24쪽.)

(T9) 나는 그녀의 얘기를 듣는 동안 내가 겪고 있는 실연의 고통이 서서히 무뎌지는 것을 느꼈다. 나는 그녀의 괜찮냐는 물음에 괜찮다는 대답을 되

풀이하면서, 그녀가 자꾸 나의 안부를 묻고 나는 그것에 괜찮다고 대답을
하는 듯한 착각이 들었다. (41쪽.)

(T10) 이제 모든 것은 소소한 과거사가 되었다. 나는 기차간 모양의 술집
분위기를 내는 이 단골 술집에 혼자 앉아, 맞아 그때 그런 얘길 했었지라
든가 왜 그랬을까 그녀는, 하고 생각한다. 그녀의 이름, 그녀가 했던 얘기
들, 그녀의 피식 웃던 표정, 그녀의 단정한 인중선과 윗입술을 떠올린다.
(41쪽.)

위의 인용문들은 「사랑을 믿다」의 서술을 시간 순서대로 나열한
것이다. 텍스트에 드러나 있는 서술은 a. (T3)-(T4)-(T5)-(T6)-(T7)-(T8)-
(T9)-(T10) 순으로 돼 있다. 그러나 시간의 순서, 가장 가까운 현재에서
과거로의 역순, 다시 말해 사건이 일어난 순서인 스토리시간에 따르면
b. (T10)-(T3)-(T4)-(T7)-(T9)-(T5)-(T8)-(T6)로 사건이 일어났음을 알 수
있다. 서술 시간에 해당하는 가까운 현재는 화자가 "모든 것은 소소한
과거사가 되었다"라고 고백하는 (T10)에 해당하며 가장 먼 과거는 화자
가 그녀와 이십대 후반을 함께 보냈다라고 고백하는 (T6)이 해당한다.
따라서 텍스트에 드러난 서술(a)에 따라 독서를 하다 보면 불규칙한 시
간의 흐름 탓에 줄거리 파악에 어려움을 겪게 된다. 정작 사건이 벌어진
스토리 시간은 b와 같은 순서로 돼 있기 때문이다.[14]

14 한편 『푸르른 틈새』에서도 시간은 중요한 서사 전략으로 작용한다. 텍스트에 드
러난 시간은 '현재-현재 직전-과거-과거 이전'이 대부분이지만 이사를 목전
에 앞둔 화자의 언술에는 가까운 미래의 시간까지도 상정하고 있음을 알 수 있
다. 다시 말해 주인공 화자의 의식 속에는 언표된 시간 외에도 '현재-현재 직전

여기에 중간 중간 화자의 침입은 해석의 난해함을 가중시킨다. 화자는 현재라는 시간에서 과거인 지난 2월의 일을 회상하거나 다시 그 이전 상황, 즉 과거 이전의 일을 떠올림으로써 모든 시간대를 자유자재로 접근하고 있다. 이는 시간이 "소설의 모든 국면, 즉 주제, 형식 매체(언어)에 모든 영향을 끼친다"[15]라는 전제와 연계되는 것으로 텍스트를 지배하는 강도가 여타의 요인보다 강하게 작용한다는 것을 의미한다. 따라서 텍스트에서 화자의 침입이 빈번하게 이루어지는 것은 기본적으로 나의 이야기, 즉 외화外話가 다른 인물들의 이야기(내화內話 1, 2, 3)를 간섭하고 통제하는 역할을 하기 때문으로 풀이한다. 그로 인해 과거와 과거 이전의 이야기들이 현재에 진행되고 외화로 수렴되는 효과를 불러일으킨다. 이를 통해 작가는 화자의 사랑이야기와 다른 이들의 연애 후일담이 별반 다르지 않다는 의미를 전달하고 있는 것으로 보인다.

모든 것과 하나가 됨은 상이한 시간 차원들의 연결을 통해 또한 문학적 형상화의 시간 구조적인 주요 수단들로 가능하게 된 "현재화된 현재"의 시간성과 질적으로 같은 것이다. 합일 또는 통합이라는 개념 속에 분리된 것을 포괄한다는 의미가 담겨 있듯이 '통합'이라는 '분리된 것으로서의 합일'은 역설적인 의미에서 이해될 수 있는 것이다.[16]

－과거－과거 이전'이 복합적으로 내재되어 있다는 것이다. 그 가운데 주인공이 이사를 한 이후에 펼쳐질 시간은 전적으로 독자의 상상력에서 재구성될 담론의 시간임을 알 수 있다.

15 멘딜로우, 최상규 역, 『시간과 소설』, 예림기획, 1998, 46쪽.
16 차봉희, 『문학텍스트의 전통과 해체 그리고 변신』, 문매미, 2002, 102~103쪽 참조.

이처럼 권여선이 의도하는 시간과 관련한 전략은 다분히 '상이한 시간 차원들의 연결을 통한 현재화된 현재'를 지지하는 것으로 인물의 과거와 현재를 통합하여 바라본다는 것이다. 작가는 저마다 삶에는 사랑과 실연이 내재되어 있으며 누구의 사랑도 상처도 특별하지 않을 뿐 아니라 누구의 사랑도 상처도 결코 무가치하지 않다는 점을 역설하고 있다. 결국 '사랑을 믿다'는 작가 권여선의 삶을 바라보는 인식의 단면을 드러낸 것으로 삶은 곧 사랑의 과정이자 그 사랑은 특정한 시간대와는 무관한 통합적 관점에 의해 파악되고 의미가 구현되어지는 실체라는 것을 의미한다.

움베르토 에코에 따르면 독자의 주도권은 〈작품의 의도〉에 대한 추측을 세우는 데 있다고 한다. 유기적인 집합체로 고려된 텍스트는 이러한 해석적 추측에 동의해야 하지만 이는 텍스트에 대해 하나의 해석만 표출시켜야 한다는 것을 의미하지는 않는다는 것이다. 원칙적으로 해석은 무한한데 무모한 추측을 배제하기 위해선 어떤 해석이든 텍스트의 논리성에 근거해야 한다고 보는 것이다.[17] 이 같은 에코의 견해는 독자의 권리라 할 수 있는 〈작품의 의도〉에 대한 예견이 해석의 다양성을 지향하면서 텍스트에 근거해야 함을 지적하고 있다고 볼 수 있다.

이는 '작가의 손을 떠난 작품은 더 이상 작가의 것이 아니'라는 고전적인 문학의 명제를 떠올리지 않아도 「사랑을 믿다」의 작품 의도와 텍스트에 대한 해석은 적극적인 피화자와 독자의 참여 속에서 구현될 수

---

17 움베르토 에코, 김광현 역, 『해석의 한계』, 열린책들, 1995, 47쪽.

밖에 없음을 말해준다. 즉 인물의 정보와, 실연, 사랑에 대한 관점뿐 아니라 이야기의 구도와 이에 대한 서사화가 작가의 치밀한 서술 전략에 의해 정교하게 구조화되었으며 이를 탐색해내는 것은 전적으로 독자의 몫이라는 것을 의미한다.

5. 나오며

본고는 권여선의 「사랑을 믿다」에 드러난 사랑이라는 감정의 가변성과 복잡성을 토대로 서술적 측면에서의 전략과 미학적 측면을 고찰하였다.

「사랑을 믿다」는 일정한 서술 양상에 의해 구조화된다. 주체와 대상의 엇갈린 관계는 구체적이고 명확한 사건이 존재하지 않음에도 다양한 해석의 가능성을 내포한다. 여기에는 인물의 외양을 통한 내면의 보여주기 방식을 들 수 있다. 텍스트에는 특정한 사건이나 인물 간의 첨예한 갈등 관계가 드러나 있지 않은 관계로 독자들은 인물들의 외양에서 드러나는 정보를 통해 서사적 상황에 대한 상상의 확장이 가능하다. 또한 인물들이 사랑의 대상에 대해 갖는 태도 또한 동일하게 반복되는데 이는 인물들이 사랑의 대상에 대해 다분히 양가적인 입장, 즉 사랑과 우정 사이에서 어정쩡한 태도를 취한다는 점이다. 이 같은 서술 양상은 인물들의 감정을 통제하는 것은 물론 구체적인 발화와 정보를 생략함으로써 다양한 해석의 가능성을 담지하기 위한 서술 장치로 보인다.

「사랑을 믿다」는 나의 사랑이야기와 내가 사랑했던 그녀의 사랑이야기 그리고 그녀의 친구 사랑이야기 등 세 명의 사랑이야기가 구조의 중심을 이룬다. 텍스트에 드러난 세 인물의 이야기는 서술자인 나에 의해 전달되지만 내레이션 위주의 외화를 제외하면 두 개의 내화는 다분히 인물시점의 효과를 의식한 서술 방식을 채택한 것으로 보인다. 그것은 작가가 어느 특정 인물의 사랑 이야기에 무게 중심을 두지 않고 골고루 분산시켜 사랑이라는 보편성의 문제를 초점화하고 있다는 의미로 풀이된다. 또한 서술이 이루어지는 '술집' 공간은 비교적 명확하게 드러나 있지만 사건의 배경이 되는 서사적 공간(이야기 공간)은 거의 드러나지 않은 양상을 보인다. 이는 서사적 부분, 다시 말해 인물들의 사랑에 관한 구체적인 사건이나 에피소드가 전적으로 독자가 구현해야 할 상상의 몫임을 의미한다.

「사랑을 믿다」에는 동일하게 네 개의 시간대, 즉 '현재-현재 직전-과거-과거 이전'이 등장한다. 현재는 서술 시간을, 현재 직전은 회상을, 과거와 과거 이전은 스토리 시간을 대변한다. 시간과 관련한 이 같은 전략은 다분히 '상이한 시간 차원들의 연결을 통한 현재화된 현재'를 지지하는 것으로 인물의 과거와 현재를 통합하여 바라본다는 것을 의미한다. 결국 '사랑을 믿다'는 작가 권여선의 삶을 바라보는 인식의 단면을 드러낸 것으로 삶은 곧 사랑의 과정이자 그 사랑은 특정한 시간대와는 무관한 통합적 관점에 의해 파악되고 의미가 구현되어지는 실체라는 것을 의미한다.

제3장

박완서 자전소설의 텍스트 형성 기제와 서사 전략
『목마른 계절』과 『나목』을 중심으로

1. 들어가며

『목마른 계절』과 『나목』은 전쟁 체험을 형상화한 박완서의 대표적인 자전소설이다. 『나목』이 전쟁 직후의 암담하고 황폐한 진공 공간을 포착했다면 『목마른 계절』은 역사와 개인이 부딪치는 직접적인 순간을 담아낸다.[1] 따라서 이 두 작품은 박완서 문학의 도정에서 중요한 기원의 의미를 갖는데 이후 본격적인 회상형식을 통해 재현된 『그 많던 싱아는 누가 다 먹었을까』, 『그 산이 정말 거기 있었을까』, 『엄마의 말뚝』 연작과 같은 작품의 원텍스트로서의 의미 또한 지니고 있다 하겠다. 또한 그와 같은 전쟁 체험은 이후 박완서 소설이 보여주는 "산업화의 모순적

---

[1] 백지연, 「폐허속의 성장」, 『목마른 계절』 해설, 세계사, 1994, 330쪽.

현실 고발, 중산층의 허위의식 비판, 여성과 가족문제에 대한 관심을 환기시키는 동기"[2]로 작용한다.

주지하다시피 박완서 문학의 핵심적 트라우마는 '오빠의 죽음'이다. 이는 전쟁으로 인한 정신적 외상이 자전소설 창작의 추동력이 되었음을 의미한다. 마찬가지로 『목마른 계절』과 『나목』에서도 오빠의 죽음은 서사를 추동하는 핵심적 모티프로 작용한다.

이에 본고는 텍스트를 구성하는 파블라[3]의 성분 중 행위자, 시간, 장소, 배경 등이 어떻게 작가의 전략에 의해 구조화되고 텍스트 형성에 반영되는지를 고찰하고자 한다. 『목마른 계절』과 『나목』에서 서사적 사건은 플롯의 기능에, 배경은 공간적 기능, 인물은 스토리 내에서의 행위자의 기능에 종속된다. 즉 전쟁이라는 시간적 배경에 따라 인물은 이중성과 반성적 시각을 내재하게 되고 공간에 대한 입장 또한 그러한 토대 위에서 확장되어진다. 물론 여기에는 오빠의 죽음이라는 중심사건 이 끊임없이 트라우마로 작용하고 있다는 사실이 전제되어 있다. 이는 플롯이라는 사건의 논리적 연쇄에 연계될 뿐 아니라, 전쟁 참상의 증언 과 재현이라는 작가의 서사적 전략과도 일맥상통한다.

따라서 본고는 박완서 자전소설의 텍스트 형성의 바탕이 되는 서사

---

2 백지연, 「폐허속의 성장」, 『박완서 문학 길찾기』, 세계사, 2000, 259쪽.
3 미케 발에게 있어 서사물이란 파블라, 스토리, 텍스트의 층위로 이루어진 결과 물이다. 파블라는 논리적으로 연결된 사건의 연속, 스토리는 특정한 방법으로 체계화된 파블라라고 할 수 있다. 파블라는 행위자, 시간, 장소 등 서사의 성분 들이며 그들의 구성이고 스토리는 서사물로서 구체화할 수 있는 성분들의 효과 적 배열, 구조화된 전체를 의미한다. 미케 발, 한용환·강덕화 역, 『서사란 무엇 인가』, 문예출판사, 1999, 18~19쪽 참조.

적 측면, 다시 말해 시간, 장소, 사건, 행위자라는 요소가 작가의 전략과 맞물려 어떻게 텍스트의 의미망을 형성하는지에 초점을 두고자 한다. 일반적으로 텍스트는 텍스트 내적 의도성과 텍스트 외적 의도성을 형상화하는 흐름들이 합류하고 변화하는 교차점으로 의미 생산의 다중성을 지향하며 필연적으로 해석의 동요를 수반하는 다형적多向的인 특질이 있다. 또한 그것은 패트릭 오닐이 언급한 '텍스트성'[4]과 일맥상통하는 것으로 서술의 과정처럼 작가가 텍스트를 생산하고 독자가 그것을 수용하는 상호 작용의 일환인 것이다. 텍스트 형성의 제 요소와 서사 전략 측면에 대한 고찰은 궁극적으로 박완서 자전소설이 전쟁의 상흔에 대한 증언의 입체화라는 당초 의도를 넘어 텍스트 생산 단계에서부터 독자와 함께 소통하려는 내밀한 욕망의 발현과 그 맥을 같이 한다 하겠다.

---

4 텍스트성은 바르트의 추종자나 후기구조주의자가 사용하는 의미로 '텍스트로서의 서사체', 즉 작가의 계획과 독자의 수용이 항상 엇갈리며 변화하는 교차첨에 위치한 의미의 가능성으로서의 텍스트로 간주할 수 있다… 고전 서사학에서 선택한 관심의 초점은 텍스트 외적인 의사소통(즉 작가와 독자 간의 의사소통)이 아니라 오직 텍스트 내적인 의사소통(즉 허구적 서술자와 허구적인 수신자 사이의 의사소통)에만 엄격하게 한정되었다. 텍스트 외적 의사소통을 포함시키면 오늘날까지 전통적 서사학에서 무시되던 서사적 거래가 갖는 본래의 상호작용적 본질에 대해 전반적으로 보다 관심의 초점을 맞추게 된다는 것이다. 패트릭 오닐, 이호 역, 『담론의 허구』, 예림기획, 2004, 42~43쪽.

2. 이중적 인물과 반성적 인물

『나목』과 『목마른 계절』에서 인물의 성격화는 전쟁이라는 트라우마[5]와 직결되어 있다. 이선미는 이야기하는 방식에 따라 전쟁은 다양한 주제로의 변주가 가능한 반면, 삶의 허위성을 드러내는 직접적인 계기로도 작용한다고 한다. 다시 말해 "극심한 내면 갈등을 통해 인물 스스로 위선을 자각하고 부정하게 하는 서술 방식은 자연스럽게 삶의 허위성을 비판할 수 있게"[6] 된다는 것이다. 텍스트에서 전쟁은 인물들에게 '극적'[7]에 해당한다. 이는 헨리 제임스가 말한 "사건을 결정하는 것은 인물이며 인물을 설명하는 것이 사건이다"라는 주장에서 보듯 인물과 사건은 상호 관계에 놓여 있다고 할 수 있다.

『나목』의 이경, 옥희도 그리고 『목마른 계절』의 진이는 극적인 사건을 매개로 내면의 갈등을 겪으며 동시에 삶의 허위성을 자각하는 박완서 자전소설에 등장하는 인물 중 가장 이중적인 인물로 볼 수 있다.

---

5 정신적 외상이라 일컫는 트라우마는 단순한 촉발이 아니라 증상을 발생, 유지시키고 또 스스로의 생명력을 갖고 있는 것이다. 다시 말하면 트라우마는, 더 구체적으로 트라우마의 기억은 현재에도 작용하는 행위 요인인 것이다. 그것은 직접적인 증상을 불러일으키는 원인으로 작용한다. 리처드 월하임, 『프로이트』, 시공사, 1999, 71~72쪽; S. 프로이드, 『정신분석강의』, 열린책들, 1997 참조.
6 이선미, 『박완서 소설의 서술성 연구』, 연세대 대학원 박사논문, 2000, 22쪽.
7 극적Dramatic이란 극 장르에서 파생된 비평적 관용어라고 할 수 있다. 상황, 긴장, 구체, 제시 등의 장면 제시나 극적 상황을 통해 인물의 내면에 은폐된 자아가 인물에게 의식되는 계기를 만드는 것을 의미한다. 극적 장면의 제시, 극적 사건, 극적 긴장 등 이러한 요소는 인물 성격화의 계기가 된다. S. W. 도슨, 『극과 극적 요소』, 서울대출판부, 1981, 2~3쪽; 이선미, 앞 논문, 22~24쪽 참조.

다음은 『나목』에서 주인공 이경과 옥희도가 어떻게 자신을 은폐하고, 또한 어떠한 계기로 자신을 발견하게 되는지를 보여주는 예문들이다.

① 나는 그녀가 권하는 사과 한 쪽을 오래오래 씹었다. 그녀는 애들을 보내는 것도, 사과를 권하는 것도 말없이 그저 눈으로 했다. 그녀의 눈짓과 동작에는 풍부한 느낌과 사연이 있었다. 나는 점점 더 화가 났다. 도무지 바가지를 긁을 것 같지도 않으니 말이다. (84쪽.)

② 우리 모녀는 기타를 사이에 놓고 미친 듯이 방바닥을 뒹굴고 짐승처럼 씨근대며 자신의 육신을 돌보지 않고 처절한 싸움을 했다. 한참만에 나는 가쁜 숨을 몰아쉬며 빈손으로 물러났다. 이긴 쪽은 어머니였다. 모처럼 시도해 본 과거와의 단절은 이렇게 해서 수포로 돌아갔다. (91쪽.)

③ 가슴이 심하게 아파왔다. 그러나 어처구니없게 내 아픔은 태수를 위한 것은 아니었다. 나는 옥선생을 생각하고 있는 것이다. 희고 긴 목을 가진 그의 부인과 그들의 다섯 아이들. 고소한 체취를 가진 건강한 막내녀석. 뜨거운 사모와 깊은 절망을 감당할 수 없어졌다. (102쪽.)

④ 나는 홀연히 옥희도 씨가 바로 저 나목이었음을 안다. 그가 불우했던 시절, 온 민족이 암담했던 시절, 그 시절을 그는 바로 저 김장철의 나목처럼 살았음을 나는 알고 있다. 나는 또한 내가 그 나목 곁을 잠깐 스쳐간 여인이었을 뿐임을, 부질없이 피곤한 심신을 달랠 녹음을 기대하며 그 옆을 서성댄 철없는 여인이었을 뿐임을 깨닫는다. (285쪽.)

위의 인용문들은 주인공인 이경의 은폐된 내면과 그로 인해 자신을 발견하게 되는 이중적 자아의 모습이 잘 드러난 예이다. 텍스트에서 전쟁은 단지 배경에 지나지 않는다. 따라서 "전쟁체험은 전쟁으로 인한 비극성의 표출이라는 관점에서 다루어지기보다는 삶에서 은폐되어 있던 진상을 발견하게 되는 극적 장치로서의 역할"[8]을 하고 있다. 앞의 인용문에서 보듯 화자 겸 주인공 이경의 내면 갈등은 외양으로 표출되는 측면보다는 은폐되어 있는 측면이 강하다.

특히 오빠들이 치던 기타를 사이에 두고 어머니와 겪게 되는 갈등(②)의 장면, 화가인 옥희도를 사랑하면서도 현실적으로 전기공인 황태수에게 끌릴 수밖에 없는 이중성(③), 옥희도 부인을 통해 느끼는 연민과 질투의 양가적 감정(①)은 이경의 내면 속에 잠재되어 있는 갈등의 양상을 적나라하게 보여준다. 특히 인용문 ②는 텍스트 전체를 통틀어 어머니에 대한 이경의 분노가 구체화된 장면이다. 기타로 대변되는, 즉 오빠라는 과거와의 단절을 꾀하는 딸과 그것을 지키려는 어머니와의 갈등이 표출된 대목이다. 그러나 이경은 이내 어머니가 거대한 절벽[9]에 다름이 아니라는 사실과 맞닥뜨리게 되는데, 딸의 존재를 염두하지 않은 어머니의 의식과 그 의식에 묶여 있는 딸로서의 자신을 발견하게 된다는 것이다.

그러나 이때까지도 화자의 자기 발견이 반성적 시각으로 전이되는 것은 아니다. 내면의 분노와 연민과는 달리 밖으로는 차갑고 이기적인

---

8 이선미, 앞의 논문, 22쪽.
9 거대한 절벽은 박완서 소설의 인물이 대면하는 지배 이데올로기나 규범의식에 대한 비유로 쓰이는 말이다. 이는 허위의식의 강고함과 그것을 받아들이는 주체의 절망감을 표현한 말로 이중적 의미를 담지한다고 볼 수 있다. 박완서, 『휘청거리는 오후』, 『동아일보』, 1976. 8. 13; 이선미, 앞의 논문, 25쪽 재인용.

모습으로 비쳐질 뿐이다. 그러한 이기적이며 이중적인 이경이 스스로를 발견하고 반성적 시각을 갖게 되는 것은 오랜 시간이 경과한 후에 가능해진다. 인용문 ④는 소설의 에필로그 부분으로 화자인 이경이 신문 광고에 난 옥희도의 유작전 광고를 보고 내면의 심리를 토로하는 독백이다. 화자는 마침내 전쟁의 상흔으로 인해 변질될 수밖에 없었던 자신의 이중성을 깨닫게 되며 그러한 과거의 자신을 반성적 시각으로 바라보게 되는 것이다.

또한 『나목』에서 자신의 내면을 은폐하는 이중적인 인물로는 화가로 등장하는 옥희도를 들 수 있다. 그는 철저하게 자신을 드러내지 않고 환쟁이로서의 일상을 산다. 그러나 이경과의 만남을 통해 자신의 존재를 각성하게 되고 화가로서의 자신의 모습을 되찾으려는 욕망을 지니고 있다.

⑤ "경아, 경아는 나로부터 놓여나야 돼. 경아는 나를 사랑한 게 아냐. 나를 통해 아버지와 오빠를 환상하고 있었던 것뿐이야. 이제 그 환상으로부터 자유로워져봐 응? 용감히 혼자가 되는 거야." (273쪽.)

⑥ "오, 어떡하면 자네가 알아줄 수 있을까? 내가 살아온, 미칠 듯이 암담한 몇 년을, 그 회색빛 절망을, 그 숱한 굴욕을, 가정적으로가 아닌 예술가로서 말일세. 나는 곧 질식할 것 같았네. 이 절망적인 회색빛 생활에서 문득 경아라는 풍성한 색채의 신기루에 황홀하게 정신을 팔았대서 나는 과연 파렴치한 치한일까?" (272쪽.)

옥희도는 텍스트 전반에 걸쳐 암울한 분위기를 조성하는 후경이 되는 '나목'과 같은 인물이다. 이경의 눈에 비친 그는 "자기만의 고독을 아무에게도 나누려 들지 않으려는" 철저하게 은일의 삶을 사는 인물이다. 때문에 회색의 이미지로 시각화된 휘장은 옥희도의 삶을 대변하는 것이며 그것은 곧 전쟁이라는 배경과도 치환이 가능하다. 그러나 옥희도의 내면에는 자신이 처한 상황에 대한 절망감과 자신의 존재를 증명하고자 하는 욕망을 화폭에 담으려는 양가적인 심리가 깃들어 있다. 여기서 상황에 대한 절망감과 존재를 증명하고자 하는 욕구는 다름 아닌 자기를 발견하고자 하는 욕망의 발로로 볼 수 있다. 이러한 이경과 옥희도의 심리가 "서로에게서 자신의 염원이 만들어낸 환상을 보고 있다"[10] 라는 소영현의 주장은 설득력을 얻는다.

『목마른 계절』의 주인공 진이 또한 전쟁의 직접적 체험을 통한 자아의 인식에 도달하는 반성적 인물의 전형이다. 텍스트에서 서사 중심부에 있는 진이는 박완서의 자전적 장편소설 중 유일하게 이중화자로 작가의 가족사를 서술하고 있는 인물이다. 그러나 텍스트에서 "화자는 나로 언표되지는 않았지만, 역사적 사실에 의해 화자가 작가이며 주인공과 동일인이라는 표지를 발견하기"[11]는 어렵지 않다.

다음의 인용문은 화자인 진이의 이중적인 면이 전쟁을 계기로 어떻게 반성적 사유의 인물로 바뀌는가를 보여준다.

---

10 소영현, 『나목』 해설, 297쪽.
11 손윤권, 「박완서 자전소설 연구–상호텍스트 안에서 담화가 변모하는 과정을 중심으로」, 강원대 대학원 석사논문, 2004, 36쪽.

① 진이는 매일 밤 도깨비에 홀린 듯이 이런 사람들의 생활의 모습에 이끌려 집을 나섰다. 그녀는 덜 외로워지고 명랑해졌다. 많은 친구를 가까운 곳에 가지고 있는 듯한 착각은 착각이라기엔 너무도 흐뭇했다. 밀가루도, 밀도, 보리쌀도, 쌀까지도 생겼다. 인제 더 이상 도둑질을 나설 아무런 염분도 없었다. 그래도 여전히 밤 그 맘때가 되면 진이는 설레이고, 흘금흘금 눈치를 보다가 집을 빠져 나오고 마는 것이었다.

(『목마른 계절』, 세계사, 1994, 229쪽.)

② "전쟁의 광기가 죽인 목숨이 어디 우리 오빠 하나뿐이겠어요?"

"이 다음 세대가 우리 세대가 겪은 광기를 이해할까요? 이데올로기의 싸움이란 미친 지랄을, 그 잔학의 극을, 그 몸서리쳐지는 비정을, 그 인간이면서 인간이 아닌 숱한 짓들을."

"언젠가는 이야기하고 이해시켜야겠죠." (중략) "그렇지만 이 동족간의 전쟁의 잔학상은 그대로 알려져야 된다고 나는 생각해요. 특히 오빠의 죽음을 닮은 숱한 젊음의 개죽음을, 빨갱이라는 손가락질 한번으로 저 세상으로 간 목숨, 반동이라는 고발로 산 채로 파묻힌 죽음, 재판없는 즉결 처분, 혈육간의 총질, 친족간의 고발, 친우간의 배신이 만들어낸 무기의 죽음들, 동족간의 이념의 싸움 아니면 도저히 잊을 수 없는 이런 끔찍한 일들을 고스란히 오래 기억돼야 한다고 나는 생각해요." (325쪽.)

인용문 ①과 ②에서 드러나는 화자인 진이의 행동과 의식은 지극히 대조적이다. ①은 텅빈 서울에 남아 배고픔을 면하기 위해 빈집을 터는 이른바 보급 공작을 나가는 것에 대한 심리가 노출되어 있다. '매일 밤 도깨비에 홀린 듯이' 나오는 것이 '설레인다'고 표현하고 있다. 이는 주인공 화자의 전쟁과 세상을 바라보는 이중적인 시각이 고스란히 투영되어 있다고 볼 수 있다. 반면 ②에서는 일련의 참혹한 전쟁의 시간들에 대한 반성적 사유를 거침없이 토로하고 있다. 동족간의 전쟁의 잔학상은 그대로 알리고 오래오래 기억해야 한다는 것에서 화자의 결기를 느낄 수 있다.

이처럼 박완서 소설에서 반성적 인물은 "내면적 자아의 면모를 통해 성격화된다고 할 때, 인물은 억압된 자아를 의식하려는 혼란스러운 자기인식을 형성하는 것"[12] 이다. 반성적 인식이 삶을 객관화하고 총체화할 수 있는 자아의 인식 능력과 관련된 것이라 할 때, 인물의 자기반성은 진정성을 통해 구현된다. 『목마른 계절』과 『나목』에 등장하는 이와 같은 주요 인물의 성격적 특징은 다른 작품의 인물에서도 쉽게 찾아볼 수 있다. 허위적이고 위선적인 태도 이면에 연민과 배려의 심리가, 냉소적인 태도 이면에 연민과 안타까움, 슬픔의 이면에 분노의 감정이 복합적으로 내재되어 있다. 그것은 일반적인 자전소설에서 목격되어지는 특성으로 화자와 주인공, 서술자의 동일성이 그대로 투영된 결과로 풀이할 수 있다.

3. 삽화 형식에 의한 플롯의 유형화

『목마른 계절』과 『나목』에 나타나는 서사적 사건,[13] 다시 말해 '정확하

---

12 이선미, 앞의 논문, 89쪽.
13 미케 발에 따르면 파블라는 '사건들의 논리적이고 연대기적인 연쇄'이다. 어떤

게 구획지어진 길'로서의 내적인 형식은 모티브의 반복과 변주에 의해 이루어진다. 텍스트에서 연쇄적 흐름을 이루거나 우발성의 틀을 결정짓는 것은 주요한 사건들에 의해서인데, 바르트에 따르면 각각의 사건들은 '핵사건과 주변사건'[14]으로 분류할 수 있다는 것이다. 이 핵사건과 주변사건이 일정한 관계에 의해 문제를 일으키고 그것으로 하나의 플롯을 형성해나간다. 따라서 핵사건은 사건들에 의해 취해진 방향으로 문제를 발생시키는 서사적 계기라고 할 수 있다.

두 텍스트에서 핵사건에 해당하는 것은 오빠의 죽음이다. 이 오빠의 죽음은 여타 박완서 자전소설의 주요한 모티프일 뿐 아니라 핵사건으로서 촉매사건을 분화시키는 작용을 한다. 핵사건은 트라우마와 직접 관련된 것으로, 여기에는 비단 전쟁 체험만 국한되는 것이 아니다. 다음은 『나목』을 사건의 흐름과 관련하여 몇 단계의 시퀀스로 분절한 경우이다.

사실들이 사건인지를 결정하면 사건과 사건을 연결하는 관계, 곧 사건의 연계 구조를 기술하는 일이 가능해진다는 것이다. 한편 루카치는 '사건'을 특정한 내적 형식으로서의 사건을 가능케 하는 현실성과 그 현실성과 일정한 관련을 맺으면서 행위하고 사고하는 인물의 운명이 함께 얽혀 있는 하나의 내적 형식으로 본다. 이처럼 사건은 인물의 운명을 좌우하는 논리적이고 연대기적인 연쇄로 규정할 수 있다. 미케 발, 앞의 책, 34쪽; 게오르그 루카치, 반성완 역, 『소설의 이론』, 심설당, 1985, 98쪽.
14 사건은 핵사건과 촉매사건으로 나눌 수 있다. 핵사건은 새로운 대안적 선택의 길을 열어 행동을 전진시키는 사건을 일컬으며 촉매사건은 새로운 선택을 하는 것이 아니라, 여러 가지 방식으로 핵을 동반하는 사건을 말한다. S. 리몬 캐넌, 『소설의 시학』, 32쪽.

(1) 현재 PX 초상화부에서 근무하는 옥희도에 대한 정보가 제시된다.

　－나와 옥희도

(2) 현재 전기공인 황태수가 등장한다.

　－나와 황태수

(3) 현재 옥희도와 술을 마시고 춤추는 장난감 침팬지를 본다.

　－나와 옥희도

(4) 현재 황태수와 홀에서 첫 키스를 한다.　　　－나와 황태수

(5) 현재 옥희도 집을 방문하여 아내를 보며 질투를 느낀다.

　－나와 옥희도 부인

(6) 과거 죽은 오빠의 유품을 두고 어머니와 심하게 다툰다.

　－나와 어머니

(7) 현재 황태수의 일방적 감정에 이끌려 집을 방문하게 된다.

　－나와 황태수

(8) 과거 폭격이 있기 전 설날의 기억을 떠올린다.

　－나와 오빠, 어머니

(9) 현재 옥희도에 대한 감정이 싹트고 입맞춤을 하게 된다.

　－나와 옥희도

(10) 현재 초상화부 조와의 정사를 꿈꾼다.　　　－나와 조

(11) 현재 조와의 정사 직전에 호텔에서 도망친다.　　　－나와 조

(12) 과거 폭격으로 숨진 오빠에 대한 회상에 잠긴다.

　－나와 어머니, 오빠

(13) 현재 어머니가 돌아가신다.　　　－나, 어머니

(14) 현재 옥희도가 떠나고 태수와 밤을 보낸다.　　－나와 옥희도, 황태수

(15) 서술자 현위치(에필로그) 옥희도 유작전을 관람하며 당시를 회상
한다.　　　－나

『나목』은 오빠의 죽음(12)이라는 핵사건을 중심으로 이야기가 전개된다. 또 다른 핵사건으로는 PX의 초상화부에 근무하는 화자 이경과 화가 옥희도와의 사이에 싹트는 연정(3)을 들 수 있다. 각각의 사건은 시간의 흐름에 따라, 회상과 기억이라는 매개에 의해 전체 텍스트를 형성한다. 이 사건들은 그 자체로 서사의 대상이 되며, 부분적인 맥락에 따라 실현되는 국지적인 의미동위소이다.

오빠의 죽음이라는 이 핵사건을 떠받치고 있는 촉매사건으로는 오빠의 유품을 두고 어머니와 벌이는 실랑이(6)와 오빠와 함께 했던 명절의 추억(8)을 들 수 있다. (6)과 (8)은 오빠의 죽음에 대한 정신적 외상을 확대 지속시키는 또 다른 촉매사건으로 작용한다. 오빠의 죽음으로 정신적 외상이 남아 있는 화자에게 옥희도라는 인물은 연정을 갖게 하는 투사의 대상으로 다가온다.

(3)에서 처음 옥희도와 술을 마시고 거리에서 춤을 추는 장난감 침팬지를 보게 되는 장면은 앞으로의 사건이 어떻게 전개될 것인지를 가늠케 하는 또 다른 핵사건으로 볼 수 있다. 한편 옥희도의 연적인 황태수의 등장(4)은 핵사건을 촉발, 분화시킬 수 있는 갈등의 한 축을 차지하게 된다. 황태수와의 의미 없는 입맞춤(4)과 초상화부 미국인 화가 조와의 섹스에 대한 상상(10), 그리고 호텔에서 조와의 섹스 직전에 도망쳐 나오게 되는 사건(11)은 모두 촉매사건으로 핵사건인 오빠의 죽음과 옥희도에 대한 연정의 투사로 수렴되는 양상을 띤다.

이처럼 『나목』은 사소한 사건들의 나열과 같은 삽화 형식으로 진행되는 특징이 있다. 삽화란 허구적 맥락을 삽화 정도로 최소화시키는 가운데 경험현실의 사실성을 최대한도로 유지하면서 극적 사건 없이도 삶의 근원에 대한 깨달음을 일상적인 삶의 경험 속에서 도출해내는 형식적 특징[15]이라 할 수 있다. 그만큼 삽화의 형식에 의해 이야기가 전개되고 있다는 것인데, 프랭스에 따르면 서사물 내에서 이야기될 수 있는 사건의 수數에는 상한이 없다는 주장을 뒷받침한다고 볼 수 있다.

이러한 삽화 형식에 의해 분화되는 사건은 박완서 자전소설의 특성상 생태적 사건의 비율보다는 행동적 사건의 비율이 훨씬 높게 나타나는 특징이 있다. 앞서의 인용문에서 보듯 사건은 모두 행동적인 사건이 대부분을 차지하고 있다는 것에서 알 수 있다. 그것은 묘사 중심보다는 이야기 중심, 삽화 중심의 서술이 이루어지고 있다는 반증이다. 그러나 박완서의 소설은 사건 중심의 삽화를 서술할 때도, 특유의 수다스러운 문체로 인해 묘사가 빛을 발한다.

다음은 『목마른 계절』을 삽화 형식에 의해 몇 단계의 시퀀스로 분절한 경우이다. 『나목』과 마찬가지로 진이의 오빠인 열의 죽음이 소설의 핵사건이 되고 나머지 사건은 촉매사건으로 핵사건에 수렴화되는 특징이 있다. 텍스트에서 서사의 시간은 전쟁의 발발부터 휴전까지 고스란히 순서대로 기록되고 있다.

(1) 1950년 5월 — 진이는 친구 향아의 약혼자인 민준식을 처음 만난다.
(2) 6월 — 6·25가 발발하고 오빠 열이 피신을 한다.

---

15 김경수, 「여성 경험의 소설화와 삽화형식」, 『현대소설』 겨울호, 현대소설사, 1991, 329~330쪽 참조. 이선미, 앞의 논문 113쪽 재인용.

(3) 7월 – 진이는 민청에 가입하고 모금운동을 전개한다.

(4) 7월 – 오빠가 의용군에 끌려간다.

(5) 7월 – 준식이 진이를 떠난다.

(6) 8월 – 올케 언니가 아들을 낳는다.

(7) 9·10월 – 서울이 수복되지만 진이는 학교에서 따돌림을 당한다.

(8) 11·12월 – 인민군에서 부상을 입은 오빠가 돌아온다.

(9) 1951년 1월 – 오빠의 병세가 악화되고 국군 후퇴로 가짜 피난을 떠난다.

(10) 1월 – 굶주림을 면하기 위해 언니와 도둑질(보급공작)을 나간다.

(11) 2월 – 할머니와 사는 갑희라는 소녀를 만난다.

(12) 2월 – 황소좌의 강압에 못이겨 인민예술단 구경을 간다.

(13) 2월 – 인민군이 된 민준식과 다시 만난다.

(14) 3월 – 어머니와 오빠를 두고 피난을 떠난다.

(15) 4월 – 파주 교하면에 머물면서 이 고장에 얽힌 이야기를 듣는다.

(16) 5월 – 서울로 다시 돌아오는 길에 갑희를 만난다.

(17) 5월 – 갑희로부터 그동안의 사정 이야기를 듣는다.

(18) 5월 – 오빠가 황소좌가 쏜 총에 죽었다는 말을 듣는다.

(19) 5월 – 오빠의 시신을 무악재 고개에 묻는다.

인용문에서 보듯 『목마른 계절』은 연대기적 순서에 따라 스토리가 전개되므로 사건은 몇 개의 시퀀스로 분절이 가능하다. 몇 개의 사건이 동시에 일어나기도 하고 인과관계에 따라 그 선후가 명백하게 구분되기도 한다. 사건은 과정이며 과정은 변화이고 내적인 발전의 양상을 띠게 마련이다. 『목마른 계절』에서 핵사건은 바로 전쟁에 의한 오빠의 죽음이며, 나머지 모든 사건들은 그것에 의해 분화되거나 또는 수렴되는 양상을 띤다. 이 텍스트에서는 오빠가 의용군으로 끌려가게 되는(4) 일이 핵사건이며, 이 사건을 계기로 인물의 행위와 스토리의 상황이 결합되어 전개된다.

삽화 형식에 의한 플롯의 유형화는 결말에 있어서 다소 경직된 측면이 없지 않다. 특히 '오빠의 죽음'이라는 모티프의 반복과 전쟁이라는 배경은 텍스트의 결말을 유형화시켜버리는 측면이 없지 않다. 그러나 작가는 이러한 유형화를 극복하기 위해 담론적 측면에서 서사 전략을 구사하고 있는 것으로 보인다. 즉 핵사건을 중심으로 그 핵사건의 발전, 변화되게 하는 보조적 장치로써의 촉매사건을 삽입하여 플롯이 구체화되고 다층화되는 양상을 만드는 것이다.

작가의 서사 전략에 의해 창조된 인물은 특정한 상황에 의해 텍스트 내적 상황과 결합되며, 그 결합을 통해 사건이 추동되는 것이다. 이로써 텍스트 내적 상황은 텍스트 외적 상황과 일정하게 조응함으로써 텍스트의 현실 효과를 구체적으로 드러내는 것이다.

세 번째 만남이다. 하필 이런 아니꼬운 꼴로 내 앞에 나타나다니…….
진眞이는 여태껏 발장구를 칠 만큼 편했던, 안락의자가 갑자기 거북해진다.
"어때?"
향아가 진이의 표정 없는 얼굴을 유심히 살피며 묻는다. 그러나 진이는 들고 있던 사진틀을 탁 소리나게 탁자 위에 엎어 놓고, 초라한 면직 블라우스 밑의 깡마른 어깨를 모나게 추슬러 보였을 뿐 입을 다문다. (중략) 진이는 흰 자기병에 꽂힌 장미 향기를 맡는 척 하며 다시 한번 사진틀의 약혼사진을 곁눈질한다. 눈부시게 아름다운, 그러나 실물보다 좀 나이 들게 요염하게 보이는 향아를 얼싸안듯이 다붙어 앉은 사나이는 준수하고 시선은 좀 우울한 듯하지만 사려깊은 듯도 해 탓할 게 못된다. 그렇지만 이게 무슨 꼴이람. (『목마른 계절』, 12~13쪽.)

인용문은 유형화된 플롯의 형식을 취하고 있음에도 서두는 결말을 예상할 수 있는 서사적 상황과는 무관한 서술적 장면으로 시작되고 있음을 보여주고 있다. 보다시피 첫머리에 오빠에 관한 이야기나 묘사는 없다. 대신에 민준식이라는 남자에 대한 묘사가 주인공 진이에 의한 인물 시점으로 그려져 있을 뿐이다. 이처럼 서두의 서사적 정보와 텍스트의 결말은 일치되어 있지 않은데 이는 작가가 텍스트의 특정한 인물을 상황과 결합시켜 또 다른 사건 축을 추동해내기 위한 서사적 전략에서 연유한 장치로 풀이된다.

『목마른 계절』에서 진이는 민준식을 사이에 놓고 향아와 서로 연적관계이다. 공교롭게도 민준식은 진이의 오빠처럼 좌익 사상에 경도되어 전쟁이 발발하자 인민군에 자원 입대하는 인물로 그려져 있다. 후일에 인민군의 장교가 되어 나타나 주인공과 만나게 되지만 또다시 이별을 하게 된다. 어떤 면에서 민준식이라는 인물의 등장과 그에 결부된 삽화는 전체적인 서사의 진행을 방해하는 측면이 없지 않다. 그러나 이는 단순한 방해가 아닌 서사성을 극대화하기 위한, 다시 말해 유형화된 플롯의 경직성을 해소하기 위한 장치로 볼 수 있다.

그처럼 서사의 개방성을 염두에 둔 작가의 의도적인 전략이라는 것을 갑희라는 소녀와의 만남(11), 피난을 떠난 교하면에서 알게 되는 그 고장의 내력과 관련된 삽화(15)에서도 거듭 확인할 수 있다. 물론 소녀와의 만남이나 교하면의 내력과 관련된 삽화는 생략을 하거나 축소를 해도 이 텍스트의 전체적인 구조에는 큰 영향을 끼치지 않는다. 이는 유형화된 플롯에 의해, 그리고 몇 개의 촉매사건에 의해 핵사건으로 수렴되지만 구조가 나름대로 열린 구조를 취하고 있기 때문이다.

4. 담론에 의한 자전적 공간의 확대

『목마른 계절』과 『나목』에서 자전적 공간은 텍스트에서 작가가 이데올로기를 구현하고자 구사하는 전술과 서사 공간으로서의 이야기의 배경이 되는 공간으로서의 이중성을 내포한다. 주지하다시피 문학에서의 공간은 '작가의 상상력 속에서 창조된 공간'으로, 인물의 내면세계를 반영하는 동시에 행위의 기점이 되는 곳이다. 거기에는 공간이 작가와 텍스트, 독자와 만나는 장場이며 작품의 기본 골격을 만들어 주는 전제 조건의 의미가 깔려 있다. 따라서 특정한 이야기 공간의 인물은 그 자신이 놓여 있는 공간에 따라 세계관이나 가치관을 드러내기 마련이다.

두 텍스트에서 자전적 공간으로서의 이중성을 내포하는 대표적인 공간은 집이다. 집을 통해 작가는 자신의 이데올로기를 구현하기 위한 전략적 전술을 펼치며, 그러한 결과로 집은 물리적인 공간으로서의 배경뿐 아니라 담론 공간의 영역으로까지 확장된다.

『목마른 계절』의 원제목은 1971~1972년 『여성동아』에 연재될 때 『한발기旱魃記』였다. 한발이라는 의미가 암시하듯 그것은 가뭄이나 가뭄의 귀신을 말한다. 한편 『나목』이 함의하고 있는 의미는 벌거벗은 나무, 즉 존재론적 고독을 상징하는 '황량한 풍경의 일각'(26쪽)으로 수렴된다.

다음은 텍스트에서 가뭄과 고독의 배경이 되는 집이 어떻게 공간화되고, 담론적 의미를 획득하는지 보여주는 예문이다.

(1) 집으로 가기엔 아직 너무 밝았다. ① 밝은 낮에 우리 집을 바라보며 걸어들어가는 나를 나는 상상할 수가 없었다. ② 달아나버린 한쪽 지붕과, 용마루에 뚫린 나락 같은 구멍과 조각난 기왓장들을 밝은 빛 속에서 선명하게 바라본다는 것은 공자님의 나체를 상상하는 것만큼이나 무의미한 모독 같았다. (『나목』, 105쪽.)

(2) ① 대문은 저항 없이 열린다. ② 집은 어둡고 썰렁하다.
"어머님 저예요, 여보 저 왔어요."
짐짓 태연한 혜순의 부름.
"엄마, 오빠."
진이의 이침. 그러나 대답은 없다. ③ 그냥 빈 집인 것이다. ④ 서울에 숱한 빈집의 하나인 것이다. (『목마른 계절』, 316쪽.)

(1)과 (2) 모두 공간적 배경은 집이다. 전자는 일인칭 화자에 의해 후자는 진이라는 인물에 집의 풍경이 초점화되고 있다. 화자와 인물에 의해 보이고 있는 집은 이전의 집의 이미지와는 사뭇 다르다. 이전의 박완서 자전소설에 등장하는 집의 이미지가 유년기에는 '존재의 집'으로, 서울로 이사한 후의 청년기의 집이 '혼돈의 집'이었다면, 전쟁 중에 집은 바로 사람이 살지 않는 '빈집' 그 자체다. 이러한 분위기는 텍스트

전체를 지배하는 주제 의식과 맞물려 있으며, 내포작가의 의도적 개입에 의해 구축되고 있음을 알 수 있다.

(1)의 ②에서 보듯, 달아나버린 한쪽 지붕, 용마루에 뚫린 나락 같은 구멍, 조각난 기왓장, 공자님의 나체와 같은 묘사는 집이라는 공간이 텍스트 내의 인물의 행위나 정신 모두를 반영하고 있다는 것을 단적으로 보여주는 예이다. 인용문은 PX 근무를 마친 주인공 이경이 집으로 돌아가고 싶지 않은 심정적 이유를 보여주고 있는 대목이다. 그 집은 전쟁기간에 두 오빠가 폭격으로 죽음을 당한 공간이기에, 늘상 죽음이 상존하는 공간으로 인식되어 있다.

이는 공간에 의해서 빚어지는 감정적 오류[16]와 같은 것으로 박완서 자전소설의 여타의 텍스트에서도 자주 눈에 띈다. (2)는 주인공 진이와 올케 혜순이 피난을 떠났다 집으로 돌아온 장면을 묘사하고 있다. 이곳의 집 또한 오빠가 총살을 당한 곳으로 늘상 죽음의 망령이 깃들어 있는 공간이다. ①과 ②처럼 '저항 없이 열리는 어둡고 썰렁한 집'은 말 그대로 '빈 집'에 다름 아니다. 그러나 (2)에 대한 묘사는 (1)의 그것과는 차이가 난다. 후자가 주인공인 화자에 의한 자유로운 초점화에 이미지가 묘사되고 있지만 전자는 진이와 혜순이라는 인물 시점에 의해 묘사보다

---

16 자연물이나 무생물에 인간적인 감정이 있는 것처럼 취급하는 것을 말한다. 그 대표적인 예들이 리어왕의 불모의 황야, 히스클리프의 폭풍의 언덕, 고딕소설(18세기 중엽부터 19세기 초에 걸쳐 영국에서 유행한 소설 양식으로 중세의 고딕식 고성을 배경으로 공포, 수수께끼, 괴기, 음로를 주제로 한 소설)의 음침한 탑과 나선형의 계단, 자연주의 소설의 배경인 공간이나 주물 공장, 석탄 광산 등을 들 수 있다. 패트릭 오닐, 『담화의 허구』, 82쪽.

는 짤막한 술어를 통해 빈집의 이미지를 표현하고 있다. "진이의 외침, 그러나 대답은 없다. 그냥 빈 집인 것이다. 서울에 숱한 빈집의 하나인 것이다."의 화자의 고백은 전쟁으로 인한 집이라는 공간의 폐허와 자폐의 이미지를 극대화한 장치로 볼 수 있다.

그러나 이제까지 자전적 공간으로서의 집에 대한 관점이나 이데올로기는 작가 박완서로 추정되는 화자의 성장과 시대의 변화에 따라 다소 변화되는 양상을 띤다. 6·25의 상흔을 다루었던 이전의 자전적 공간으로서의 집이 죽음과 유폐의 공간이었다면 70년대 산업화시대 이후의 집은 냉혹한 교환의 법칙에 의해 매개되는 자본주의적 공간으로서 그려진다. 물론 그 이면의 한편에는 오빠의 죽음이라는 고가의 망령이 함께하고 있다.

(3) ① 남편은 결혼식을 치르자 제일 먼저 고가의 철거를 주장했다. ② 터무니없이 넓은 대지에 불합리한 구조로 서 있는 음침한 고가는 불필요한 방들만 많고 손댈 수 없이 퇴락했으니, 깨끗이 헐어내고 반쯤을 처분해서 쓸모 있는 견고한 양옥을 짓자는 것이었다. (중략) ③ 쓸모없고 견고한, 그러나 속되고 네모난 집이 남편의 설계대로 이루어졌다. ④ 다만 나는 후원의 은행나무들만은 그대로 두기를 완강히 고집했다. ⑤ 넓지 않은 정원에 안 어울리는 거목들이 때로는 서늘한 그늘을 주었지만 때로는 새집을 너무도 침침하게 뒤덮었다. (『나목』, 280~281쪽.)

이제까지의 공간으로서의 집이 담화적 전도 가능성을 내재하게 된다. 일반적으로 이야기 공간의 조작에 의한 스토리의 담화적 전도 가능성은 시간에 의한 방식보다는 그 가능성이 낮다. 그럼에도 불구하고 이야기 공간이 특성상 시간보다는 좀 더 상세하고 순차적인 형태로, 그리고 일관성 있게 묘사가 가능하기 때문에 담화적 조작에 의한 전도가 수월하게 이루어진다. 그것은 이야기 공간이 상징적이고 아이러닉한 담화 전도가 배경으로서의 특정 분위기를 효과적이고도 신속하게 조성하는 데 이용될 수 있다는 사실을 뒷받침한다.

이처럼 자전적 공간의 집은 다양한 의미를 내재하고 있다. 구체적으로 말한다면 작가는 그 공간의 내외부적 특징을 통해 자신의 욕망과 이데올로기를 반영하고 있는 것이다. 르죈이 글쓰기의 유희를 통해 작가가 추구하는 이데올로기나 신념을 구성하고자 하는 전술을 가리켜 자전적 공간이라고 표현한 것은 의미 있는 지적이다.

이는 자전적 공간이란 텍스트 간의 상호 작용을 통해 구축되는 공간 속에서 작가의 모습이 정의될 수 있다는 의미를 함의한다. 그러한 측면에서 본다면 박완서 자전소설에서 특히 『목마른 계절』과 『나목』의 서사적 공간과 자전적 공간은 긴밀히 교호交互하는 양상을 띠며 무엇보다 자전적 공간에 의해 서사 공간이 구조화되고, 서사 공간에 의해 자전적 공간이 구현된다고 볼 수 있다.

5. 나오며

앞서 밝힌 대로 『목마른 계절』과 『나목』은 박완서 자전소설의 원텍스트로, 이 두 작품은 박완서 문학의 도정에서 중요한 기원의 의미를 갖는다.

텍스트에서 인물의 성격화는 전쟁이라는 트라우마와 직결되어 있다. 이야기하는 방식에 따라 전쟁은 다양한 주제로의 변주가 가능한 반면, 삶의 허위성을 드러내는 직접적인 계기로도 작용한다.

두 텍스트에서 사건, 다시 말해 '정확하게 구획 지어진 길'로서의 내적인 형식은 오빠의 죽음이라는 모티프의 반복과 변주에 의해서 이루어진다. 자전소설이라는 특성상 플롯은 유형화되는 양상을 띠는데, 이는 과거를 현재의 시점에서 재구성하는 회상이라는 형식에 의해 매개되기 때문으로 풀이된다. 핵사건에 의해 여러 개의 촉매사건이 분화되고, 여러 개의 하위 사건이 하나의 상위 사건으로 수렴된다.

각각의 텍스트는 독립된 구조와 의의를 지니고 있지만 전체적인 구도에서 보면 하나의 인과성—논리체계에 의해 플롯이 연결되는 특징이 있다. 그것은 하나의 핵심적인 사건을 중심으로 여러 촉매사건이 삽화 형식으로 짜여 있지만, 서두의 결말에 이르는 과정에는 삽화의 추가나 생략이 가능한 개방형 구조로 돼 있다는 점이다.

마지막으로 자전적 공간은 텍스트에서 작가가 이데올로기를 구현하고자 구사하는 전술과 서사 공간으로서의 이야기의 배경이 되는 공간으로서의 이중성을 내포하고 있다. 텍스트에서 자전적 공간으로서의 이중성을 내포하는 대표적인 공간은 '집'이다. 집을 통해 작가는 자신의 이데올로기를 구현하기 위한 전략적 전술을 펼치며, 그러한 결과로 집은 물리적인 공간으로서의 배경뿐 아니라 담론 공간의 영역으로까지 확장된다. 이러한 일련의 자전적 공간을 통하여 작가의 상像이 드러나는데, 텍스트는 상호작용을 통해 담론적 기능을 담당하게 된다.

제4장

박완서 대중소설의 서사성 연구

1. 들어가며

박완서 소설의 가장 큰 특징은 풍부한 서사성을 담지하고 있다는 점이다. 일반적으로 서사성은 구성이나 결합과 같은 서사 층위와 관련이 있지만 담론적 측면, 서사가 어떻게 말해지고 의미망이 형성되는지와 같은 맥락적 요인과도 관련되어 있다.

박완서 소설의 출발은 다분히 '이야기를 하고자 하는 서사적 욕망'[1]과 결부된다. 작가는 서사적 형상을 통해 자신의 이데올로기를 객관화하고 독자와의 대화적 관계를 유도하고 확대하고자 하는 존재다. 박완서의 소설에서 구사되는 서술적 메커니즘은 '서사적 욕망'과 직결되는

---

1 신철하, 「이야기와 욕망」, 『박완서 문학 길찾기』, 세계사, 2000, 252쪽 참조.

것으로 서사의 복합적 계열화를 풍부하게 드러내려는 의도적 장치이다. 그의 소설에서 이러한 의도적 장치가 풍부하게 발현된 텍스트는 이른바 대중문학이라고 일컫는 작품들로 작가는 독자들의 흥미를 끌고 이들과의 소통을 위해 여러 서사적 장치를 활용하고 변주한다. 이는 작가가 단순히 대중을 서사적 주체로 재현한 것을 넘어 독자와의 관계를 고려한 맥락적 측면에서 텍스트를 구조화했다는 것을 뜻한다. 작가에게 있어 대중은 서술 상황에 노출된 텍스트 내의 인물의 범주를 넘어 "한 시대를 함께 호흡하는 대중들의 생활상과 가치관들이 결합하여 대중소설의 창작과 향유에 지대한 영향을 미치는"[2] 존재로 상정되어 있다.

이른바 대중문학이라 할 때 그것은 두 가지 방향에서 그 개념을 정립할 수 있을 듯하다. 그 하나는 개인주의적 문학 내지 자아 중심적 문학의 대립 개념으로서의 문학을 이름이며, 후자는 순문학 혹은 본격문학의 대립 개념으로서의 그것이다. 전자는 문학의 사회적 기능, 내지 교훈적 기능을 우위에 두는 문학의 이름이며, 말하자면 문학은 작자 자신의 폐쇄적인 개인의 테두리를 벗어나 당대 현실의 실제적 국면을 폭넓게 수용할 수 있어야 한다는 것을 전제로 하는 문학인 데 반하여, 후자는 문학의 오락적 소비적 성향을 우위에 두는 것이니, 말하자면 가능한 한 광범위한 독자를 포용할 수 있어야 한다는 것을 전제로 하는 문학이다.[3]

2 John G. Gawelte, *Adventure, Mystery and Rome : Formula Stories as Art and Popular Culture*, Chicago UP, 1976, p.9; 최미진, 『한국 대중소설의 틈새와 심층』, 푸른사상, 2006, 70쪽 재인용.
3 천이두, 「대중문학의 성격과 기능」, 대중문학연구회 편, 『대중문학이란 무엇인

이와 같은 전제에 근거한다면 박완서의 일련의 대중소설은 '작자 자신의 폐쇄적인 개인의 테두리를 벗어나 당대 현실의 실제적 국면을 폭넓게 수용할 수 있는' 작품과 '문학의 오락적 소비적 성향을 우위에 두는, 가능한 한 광범위한 독자를 포용할 수 있는' 작품으로 분기된다. 그러나 박완서의 소설에서는 이 두 양태가 혼합되어 드러난 경우가 대부분이다. 즉 당대 현실의 국면을 재현한 측면의 서사와 본격 문학의 상대개념으로 상업적 측면에 초점을 둔 서사가 교직되어 드러난다.

그의 문학은 삶의 결핍이 이야기의 풍요로 환원될 수 있다는 강렬한 유혹을 뒷받침하고 있다. 말하자면 그의 소설을 관류하는 화두는 이야기로서의 소설에 가깝다. 그렇다는 점에서 또한 그의 소설의 뿌리는 전통 서사의 기원에 닿아 있다. 그의 소설이 여성성의 문제나 사회적 문제의식을 드러내며, 중간 계급의 비판 의식을 개연성 있게 설파하고, 한 걸음 나아가 진정한 시민의식이 부재하는 시대에 있어서의 양심과, 사람 사는 세상에 대한 정직한 직시를 보일 때조차도 그 밑을 관류하는 진실은 이야기성이다.[4]

박완서 소설의 기저에 깔린 이야기의 욕망, '이야기성'의 실현은 당대 독자들의 흥미와 일정 부분 연계되어 있다. 작가는 허구적인 형상을 구조화하기 위해 다양한 서사적 장치를 구사하는데 독자들은 이러한 복잡하고 다양한 장치에 반응함으로써 서사성이 확대된다. 이는 바르트의 일반적인 서사물에 대한 견해, 즉 세상에는 무수한 형식의 서사물이 있

가』, 평민사, 1995, 32~33쪽.
4 신철하, 앞의 글, 252쪽.

는데, 이러한 서사물은 무수히 많은 형식들을 통해서 시대와 장소와 사회를 초월하여 존재한다는 입장과 궤를 같이 한다. 다시 말해 다양한 형식은 이야기의 욕망을 구현하는 담화적 장치인 셈이다. 모든 담론들은 상황에 따라 끊임없이 유동하는 것이고, 그러하기에 대중문학처럼 그 동안 저급·통속으로 간주되던 것들도 얼마든지 중요한 담론의 지위에 오를 수가 있다. 대중문학이 지금까지와는 달리, 문학사에서 더 비중 있게 기술되고, 보다 중요하게 자리매김될 수도 있다고 예상해보는 것은 따라서 너무나 당연하다고 하겠다. 대중문학에 대한 '열린 시각', 문학사적 관점의 확보가 절실한 까닭이 바로 여기에 있다.[5]

지금까지 진행된 박완서 소설 연구는 크게 세 가지 경우로 집약된다. 첫째는 6·25의 체험을 형상화한 자전적 소설에 관한 연구이며 두 번째는 허위의식에 근거한 소시민들의 삶의 양태를 비판하는 이른바 '세태 소설'[6]에 관한 연구를 들 수 있다. 마지막으로는 여성 문제와 정체성을 다룬 작품들에 관한 논의를 들 수 있다. 그러나 이들 논의는 대체로 주제적 접근에 머물러 있어 박완서 문학의 본질적이면서도 다층적인 측면을 조망하는데 일정부분 한계를 지니고 있다. 그 가운데 세태소설이라 일컫는 대중소설에 대한 논의는 여타 계열의 소설에 견주어 논의가 미흡한 편이다. 이 같은 양상은 박완서의 소설을 '대중소설'로 치부하는

---

5 정덕준 외, 『한국의 대중문학』, 소화, 2001, 18쪽.
6 박완서 '세태소설'에 관한 연구는 다음과 같다. 나소정, 「박완서 소설 연구-도시 문명과 산업화 사회에 대한 비판을 중심으로」, 명지대 석사논문, 2005; 이은하, 「박완서 소설의 갈등 발생 요인 연구」, 명지대 박사논문, 2005; 최유정, 「박완서의 세태소설 연구」, 동국대 석사논문, 2001.

비판적 시각과 장편소설이라는 장르상의 문제 그리고 적지 않은 작품 수가 논의의 접근을 저해한 것으로 풀이된다.

본고에서는 대중문학이라는 평가 차원에서 박완서의 작품을 접근하는 것이 아니라 박완서의 대중소설이 어떻게 서사적 층위에서의 이야기성의 욕망을 실현하고 있는가 하는 서사 전략 내지는 기법상에서 이 문제를 다루고자 한다. 연구 대상으로 삼은 텍스트는 『그해 겨울은 따뜻했네』, 『휘청거리는 오후』, 『도시의 흉년』, 『욕망의 응달』, 『오만과 몽상』으로 모두 박완서의 대중소설을 대표하는 장편 소설이다. 이들 작품은 대부분 70~80년대에 쓰인 작품으로, 작가는 당대의 사회적 모순과 욕망, 계층 간의 갈등을 특유의 방식으로 서사화하고 있다. 따라서 본고는 작가가 서사성의 욕망을 실현하는 방편의 하나로 어떻게 서사 전략을 구사하고 있는지 또한 그로 인해 달성되는 미적 효과가 무엇인지 밝히고자 한다.

2. 이야기 욕망과 '복수 서사'

박완서의 대중소설에는 공통적으로 여러 개의 서사가 존재한다. 복수의 사건과 상황이 작가의 서사 전략에 의해 시간과 장소, 모티프와 같은 서사적 제 요인과 결합하여 효과적인 이야기로 재구되었다는 의미다.

서사물은 사건들의 단순한 시간적 연쇄가 아니라 계층 구조적 연쇄이다. 인물의 행동이나 심리상태를 시간 순서에 의해 배열하는 것만으로는 서사성이 생겨나지 않는다. 서사성은 사건들의 통합이나 분해에서도 생겨나고 구성이나 해체에서도 생겨난다.[7]

이들 텍스트의 보편적 기제는 중산층의 허위의식과 위선적 행태이다. 일반적으로 대중들의 일탈이나 특정 행동 양식은 당대 정치사회적 배경과 연관되어 있으며 이들에 대한 억압적 기제는 단순히 반영 차원을 넘어 재현되는 양상을 지닌다.

다시 말해서 대중들은 이러한 상황을 수동적으로 받아들이기 보다는 선택과 제시, 구조화와 형태 결정에 능동적으로 참여한다. 대중들이 실제 생활에서 경험하는 의식들은 지배적인 이데올로기와 잠재적인 갈등, 조정, 화해, 병합 등의 가능성을 지닌다.[8] 박완서 소설의 대중은 도시 중산층의 허위의식과 위선적인 면을 드러내지만 이들의 행태가 전형적인 인식 차원에 머물러 있지는 않다. 인물의 갈등 관계에는 보다 복합적이고 중층적인 심리적 기제가 개입되어 있다. 사랑과 증오라는 정반대의 감정을 중심으로 배신, 모함, 충돌과 같은 부정적 행위가 사건의 연쇄로 전이된다. 즉 중심적 서사와 부수적 서사라는 연쇄의 그물망으로 합류되어 긴장과 대립의 국면을 조성한다는 것이다. 이는 서사의 양태가 이야기 서사의 골격을 이루면서 서사 전개의 방향타가 되는 여러 다선 서사가 내밀하게 구조화되어 있다는 것을 의미한다. 하나의 중심 서사가 여러 부수 서사를 끌어들이고, 이 부수 서사들이 또 다른 서사를

---

7 제랄드 프랭스, 최상규 역, 『서사학이란 무엇인가』, 예림기획, 1999, 232쪽 참조.
8 임영호 편역, 『스튜어트 홀의 문화이론』, 1996, 20쪽; 최미진, 『한국 대중소설의 틈새와 심층』, 푸른 사상, 2006, 49쪽 재인용.

견인하는 양상을 보인다는 것이다.

『휘청거리는 오후』는 박완서의 대중소설 중 그와 같은 서사적 양상이 두드러지게 드러난 텍스트다. 결혼을 배경으로 전개되는 남녀 간의 비정상적인 관계와 물욕, 육체적 욕망이 허성이라는 인물의 세 딸 '초희', '우희', '말희'를 통해 구체화되고 다각화된다. 서사의 핵심적 모티프 내지 서사 구조를 매개하는 변수는 결혼이다. 초희의 결혼과 이후 전개되는 가정생활을 둘러싸고 펼쳐지는 이야기가 주主서사가 되고 두 동생 우희와 말희의 이야기는 2차, 3차 서사가 된다. 당연히 이들 자매의 상대가 되는 세 남자와 연계된 갈등의 서사는 중심서사인 상부 층위로 통합된다. 텍스트에 재현된 서사의 통합적 메커니즘은 인물들의 욕망과 맞물려 갈등구조를 역동적으로 견인할 뿐 아니라 의미 작용을 강화시키는 기폭제로 작용한다.

다음은 세 자매의 결혼에 대한 인식과 욕망의 단면이 드러난 예문이다. 이들의 인식과 욕망은 서사 전개에 있어 사건의 필연성을 강화하는 단초로 작용한다.

① 초희는 그들로부터 돌아앉아 그들을 볼 수 없다. 그러나 그들의 수군거리는 소리를 또렷이 알아들을 것도 같다.
"어떻니? 네 형부감"
"어머머 징그러 너무 늙었어"
"얘는 늙기는 어디가 늙었니? 머리도 새까맣고 얼굴도 피둥피둥한데"
"엄마도 요새 머리 빛깔 같은 걸 누가 믿어. 염색도 할 수 있고 가발은 또 얼마나 흔하다구"

"그거야 아무러면 어떠냐. 아무튼 저 사람은 돈이 많단다. 사장도 아니고 회장이란다. 얘, 저 사람 저 팔뚝시계 분명히 진짜 로렉스지? 그치?"

"엄마 엄마 그럼 집에 사놓은 로렉스 시겐 어떡할 거야? 응, 엄마 그거 우리 민수씨 주면 안 돼?"

수군수군….

그들은 한없이 수군거릴 것이다. 수군거리고 또 수군거릴 것이다. 그들이 누구에 대해, 무엇에 대해 수군거린다는 것조차 잊어버리고 기차게 수군댈 것이다.(박완서, 『휘청거리는 오후』, 세계사, 1994, 231~232쪽. 이하 작가, 출판사, 년도 생략.)

② 처음엔 민수가 결혼이란 말을 그렇게 함부로 해내 던졌을 때 질겁을 했고, 이건 자기가 함부로 취급당한 것과 무엇이 다르랴 싶어 격분까지 했었다. 그러나 뭐니뭐니해도 우희와 민수는 서로 오래 사귄 사이였고, 그만큼 곰삭은 사랑을 하고 있었다. (중략) 그러니까 우희 역시 결혼식이니 뭐니 하는 지금으로선 요원한 절차를 무시해버리고 우선 당사자끼리 실질적인 일부터 저질러 놓고 보자는 쪽으로 기울어지고 있었다. 둘은 서로를 깊이 깊이 원하고 있었고, 원하는 것을 이루지 못하는 고통을 감당하기에 지쳐 있었다.   (『휘청거리는 오후』, 107~108쪽.)

③ 그녀가 지난밤 정훈이가 마련해 놓은 함정에서 헤어날 수 있었음은, 정훈이의 폭력으로부터 무사할 수 있었음은 청년의 응원의 덕이었던 것 같다.

지난밤 청년과 자기는 아무도 모르게 은밀히 손을 마주잡고 서로가 각각 당면한 폭력에 대항하기 위해 힘을 빌리고 격려를 주고받은 것 같다.

말희는 청년의 꾸밈없는 태도가 호감을 지나 소중해졌다.

그것은 정훈의 오만과 독선이 허약한 본질을 감추기 위한 꾸밈이라는 걸 알고 있기 때문이었다. 말희는 청년이 좋은 사람임에 틀림없으리라 생각했다. 그리고 청년이 정훈이와는 많이 다르다고 생각했다. 어디가 어떻게 다르다고 구체적으로 설명은 할 수 없는 채 막연히 그렇게 생각했다.

(『휘청거리는 오후』, 409쪽.)

예문 ①은 초희가 상류층 집안으로부터 파혼을 당하고 '마담 뚜'의 소개로 두 자녀가 있는 50대 남자와 맞선을 보는 장면이다. 이들의 결합은 물질에 대한 욕망과 육체적인 욕망이 자연스럽게 타협한 산물이다. 초희의 욕망은, 이른바 주체가 특정 대상을 원하지만 실질적으로 매개자의 욕망을 모방한다는 르네 지라르의 '욕망의 삼각구조'[9]와 연계된다. 초희가 원래 욕망하는 대상은 상류층 집안 자제였지만 현실적인 여건상 50대 남자라는 매개자의 욕망을 모방함으로써 내적 자아의 초월을 꿈꾼다. 이때의 욕망은 '모방된 가짜 욕망'이기에 타인의 시선은 중요한 매개 변인이 된다. "수군수군… 그들은 한없이 수군거릴 것이다."라는 초희의 독백은 향후 굴절된 욕망이 불러올 파국의 단면을 예고하는 동시에 두 동생의 결혼이야기인 2차, 3차 서사가 역동적이고 중층적으로 극화되리라는 가능성을 노정한다.

2차 서사인 우희의 결혼은 언니인 초희의 그것과는 다소 변별된다. 언니가 물질이라는 욕망이 이끄는 현실적인 선택을 했다면 우희는 몸의 욕망이 이끄는 육체적인 선택을 감행한다. 인용문 ②는 '곰삭은 사랑'의 이면에 꿈틀대고 있는 섹스의 욕구가 결혼으로 귀결되리라는

---

9 르네 지라르, 김치수·송의경 역, 『낭만적 거짓과 소설적 진실』, 한길사, 2001, 21~34쪽 참조.

기대를 갖게 한다. 결국 우희는 민수와 결혼을 하기도 전에 외박을 감행하게 되고 우습게도 그러한 행위가 진정한 사랑의 징표에서 비롯된 것이라는 결론을 내린다. 성적 욕망의 정념에 도취된 우희의 이러한 도발적 행위는 물질적 욕망을 추구하는 언니의 결혼 못지않게 파국의 가능성을 내재한다. 성적인 문제는 사회적 규범과 개인의 욕망 사이에서 발생하는 사건을 넘어 타자와의 관계를 설정하는데 중요한 요인으로 작용하기 때문이다.

3차 서사는 셋째인 말희를 중심으로 전개된다. 각기 물질과 쾌락적 정념에 얽매인 두 언니와 달리 말희의 결혼에 대한 지각은 다분히 긍정적이다. 두 언니의 결혼 과정과 현재의 결혼 생활을 반면교사로 삼아 인물의 됨됨이를 기준으로 삼는다. 또한 이전에 잠시 사귀었던 정훈이라는 인물과의 만남을 통해서도 적잖은 영향을 받는다.

인용문 ③은 말희의 성격적 단면이 잘 드러난 예다. 정훈은 성공을 위해 결혼을 발판으로 삼는 전형적인 출세지향적인 인물이다. 그는 과거의 애인이었던 미선이 집안의 부도로 어렵게 되자 그녀를 헌신짝처럼 버리고 만다. 그리고는 미선의 친구였던 말희와 잠시 가까워지게 되는데, 말희를 진정으로 사랑해서가 아니라 고시 공부를 하는 동안 갖가지 도움을 받기 위해서다. 결국 그는 자신을 찾아온 말희를 성폭행하려는 시도를 한다. 그러나 경하라는 후배에 의해 제지를 당하고, 말희는 경하의 반듯하고 용기 있는 행동에 호의를 갖게 된다.

이처럼 세 자매의 엇갈린 인식은 각기 다른 사건과 교호함은 물론 당대 사회의 갈등 양상을 집약적으로 보여준다. 또한 여성의 자기 정체성과 결혼 이데올로기에 대한 시각차를 드러낸다. 외견상 세태소설 특유의 습속이 드러나 있지만 텍스트 내부적으로는 결혼과 욕망이라는 원초적인 문제를 다각도로 탐색하고 환기시킴으로써 자칫 '성의 상품화'로 변질될 가능성을 미연에 차단하고 있다. 중심 서사와 부수 서사를 연계하고 사건의 인과성을 높이는 장치는 당대의 사회가 내재하고 있거나 표출하는 보편적인 문제를 냉철하게 직시하는 작가의 의도로 읽힌다.

아이러니컬하게도 텍스트에서 주인공으로 볼 수 있는 인물은 세 자매가 아닌 아버지 '허성'이다. 그는 세 자매와 다층적인 관계에 놓인 인물로 딸들의 결혼 문제에 복합적이고 광범위하게 개입한다. 물론 어머니도 그러한 인물 가운데 한 명이지만 텍스트에서 '허성'이 차지하는 허구적 인물로서의 입각점과 가족들과의 관계는 확연하게 변별된다. 그는 여타의 인물에 비해 가장 반성적인 시각을 드러낼 뿐만 아니라 종국적으로 인식의 대전환을 하게 된다. 물론 처음부터 그가 위선과 허위에 예속된 결혼 풍속을 비판하거나 거부한 것은 아니다. 그에게도 물질에 근거한 부성적인 인식의 일면이 자리하고 있었다. 그러나 철공소에서 당한 사고로 손이 절단되는 아픔을 겪은 이후 그는 과거의 자신과의 자아동일성을 상실하게 된다. 그로 인해 그는 점차 물질이라는 외형적인 인자가 행복의 척도가 될 수 없다는 방향으로 생각이 바뀐다.

이는 허성이 서사를 견인하는 주체이자 객체로서의 위치를 담지하며 복수 서사의 핵심인물로 표상되고 있음을 뜻한다. 허성은 소설의 주제를 집약적으로 드러낼 뿐 아니라 다른 인물과의 관계에 있어 가장 역동적인 인과성을 형성한다고 볼 수 있다.

이처럼 아버지 허성과 세 자매와 연관되어 진행되는 결혼은 다양한 서사로 분기되고 통합되는 교호의 자장을 연출한다. 주서사와 2차, 3차 서사로 이어지는 사건의 연쇄는 '담론의 서사화'를 구현하기 위한 작가의 서술원리에서 배태된 전략으로 풀이된다.

이 같은 사건의 계층적 연쇄에 의한 '복수 서사' 전략은 『오만과 몽상』에서도 동일하게 구사된다. 중심적 서사와 부수적 서사라는 연쇄의 그물망은 서사성을 확장하는 기제로 작용한다. 현과 남상은 각기 자신들의 꿈이 뒤바뀐 채 서로를 경원시하는 대립적 관계이다. 영자는 이들의 갈등 관계를 해소시키는 역할을 담지하는 인물로 사건의 통합과 분화가 그녀를 통해 매개된다.

> 그의 눈앞에서 빠른 속도로 생명이 사위어가는 환자가 영자라는 걸 알아보고 나니 시간 관념만 혼미해졌을 뿐 아니라 여지껏 익힌 의술도 송두리째 까먹어버려 그는 그가 할 바가 무엇인지를 전혀 알 수가 없었다. (중략) "박선생님, 살려주세요. 우리 집 사람을 살려주세요. 이 문명 세상에 애 낳다 죽는 법도 있습니까? 이 큰 병원에서 애 낳다 죽다니요. 말도 안 됩니다. 네 박선생님, 우리 집사람이 죽은 일은 없겠죠?"
>
> 분만장 앞을 지키어 똑같이 떠는 입장에서 남상이가 현을 깍듯이 선생님 취급하는 것은 위로받고 싶어서라는 걸 알 수 있었다.
>
> (『오만과 몽상』, 443쪽.)

인용문은 영자가 애를 낳다 죽음에 이르게 되는 상황을 보여준다. 그녀는 의사가 꿈인 현을 위해 헌신하고 순결을 바치지만 배신을 당한다. 그리고 남상의 아내가 되지만 아이를 낳다가 죽음에 이르게 된다.

영자의 죽음은 3대에 걸쳐 벌어졌던 두 가문의 갈등과 반목을 해소하는 희생제의라는 상징적 의미를 지닌다. 즉 영자의 희생은 서사의 논리적 필연성과 개연성을 견인하는 동시에 사건의 분화를 촉진하고 통합하는 매개적 역할을 담지한다.[10]

3. 텍스트의 의미 생성과 확장: 극적 장치의 서사화

다음으로 박완서 대중소설이 구현하는 서사적 전완체로서의 '이야기성의 실현'은 서사를 입체화하는 극적인 장치를 들 수 있다. 대부분 사건의 전개와 증폭은 극적인 장치와 인간관계의 갈등에서 기인한다. 여기서 극적이라는 말은 "일군의 다른 용어들, 이를 테면 상황, 반응, 긴장, 구체적, 제시 등의 용어들과 대단히 긴밀한 연관성을 가지고 있으며, 아이러니와 은유의 중요성에 대한 전례 없는 강조에 깊이 관련지어져 있는 것"[11]을 말한다. 그와 달리 "내면의 강한 움직임이 의지와 행동으로 변모되기 전까지 계속해서 견고해질 때 그리고 어떤 행동을 통해 내면의 움직임이 자극받을 때"[12] 극적이라고 말하여지기도 한다. 이처럼 극적이

---

10 다음은 영자를 중심으로 텍스트에 드러난 서사의 연쇄 관계를 정리한 것이다.
　(1): 주主서사(남상과 영자를 둘러싼 이야기).
　(2): 2차 서사(현과 영자를 둘러싼 이야기. 현의 출생에 얽힌 이야기 삽입적 서사화- 3인칭 작가적 서술과 외부 시점과 인물 시점의 혼합).
　(3): 3차 서사(희생, 헌신, 조력자로서의 영자의 삶).
11 S. W. 도슨, 천승걸 역, 『극과 극적 요소』, 서울대 출판부, 1981, 2~3쪽 참조. 이선미, 「박완서 소설의 서술성 연구」, 연세대 박사논문, 2000, 23쪽 참조.

라는 용어는 인물의 내면적 갈등이 증폭되거나 특정한 행위로 인해 내면의 움직임이 자극 받는 것을 말한다. 이는 텍스트의 중요한 정보들이 일정 부분 의미를 은닉하다가 서사적 연쇄라는 텍스트의 구조에 직조됨으로써 텍스트의 의미가 생성되고 확장되는 양상을 포괄한다. 이는 플롯의 일반 형태인 지연 전략과도 맥을 같이한다. 다시 말해 작가는 현대소설의 플롯의 특징인 "서사를 순차적이고 인과적으로 진행시키기보다는 비순차적이고 비인과적으로 진행시킴으로써 제시되는 정보들의 최종적인 의미를 지연시킨다. 전략적인 요소들에 의해 정보를 왜곡하거나 작품의 결말에서 이전의 정보들이 재조직화 되도록 하는 등 비유기적인 정보들의 제시를 통해 '지연'의 특징을 드러낸다."[13]라고 볼 수 있다.

『그해 겨울은 따뜻했네』, 『욕망의 응달』은 내면적 갈등의 증폭이라는 극적 장치가 빈번히 구사되는 반면 『휘청거리는 오후』, 『도시의 흉년』, 『오만과 몽상』은 행위에 의한 내면의식의 변화가 두드러진다. 물론 두 개의 극적 장치가 일정부분 혼합되어 드러나기도 하지만 상황의 가변성과 사건의 재현 양상에 따라 변별된다.

다음은 『욕망의 응달』에서 구체화되고 있는 내면적 갈등의 증폭에 의한 극적 장치의 일부분이다.

① "으,으,으,으, 소희야, 소희야, 나 죽는다. 으,으,으, 소희야, 어디 갔나?

---

12 구스타프 프라이탁, 임수택·김광요 역, 『드라마의 기법-고전비극의 이념구 조』, 청록출판사, 1992, 25~26쪽 참조. 이선미, 「박완서 소설의 서술성 연구」, 연세대 박사논문, 2000, 23쪽 참조.
13 장소진, 『현대소설 플롯론』, 보고사, 2000, 31쪽.

소희 이년 어디 갔어? 안 된다 안 돼. 나 죽기 전에 절은 서방 해가고도
네 년이 삼아남을 줄 알구. 소희야, 으,으,으……"

　　그 소리는 우렁찬 것도 같고 짓눌린 것도 같고 삼층에서 들려오는 것
도 같고 땅 속 깊은 데서 들려오는 것도 같았다. 민우와 자명은 그 소리에
손이 달려 있어 뒷덜미를 차갑게 휘어잡는 것 같아 계단을 곤두박질쳐
내렸다. 윤명이는 벌써 현관에서 구두까지 신고 기다리고 있었다.

(『욕망의 응달』, 157쪽.)

② "불, 불, 불이야, 불이야, 불이야……"

　　비단을 찢는 것 같은 날카로운 비명에 민우와 자명은 동시에 침대에
서 솟구쳤다. 어디선지 매캐한 연기가 방안으로 새어들어오고 있었다. 민
우는 옆방으로 가 우선 자는 윤명이 먼저 안았다. 윤명이 방은 아직 연기조
차 새어들지 않아 서늘하고 아늑했다. 창 밖이 불빛으로 밝아오고 있었다.

(『욕망의 응달』, 315쪽.)

　　인용문은 인물의 내면적 갈등을 극대화하기 위해 각각 '비명소리'와
'불'로 긴장의 분위기를 환기시키고 있다. ①의 끊임없이 들려오는 음산
한 비명소리는 앞으로 전개될 사건의 역동성을 상정하며 ②의 예상치
못한 화재로 공포에 휩싸인 장면은 향후 펼쳐지게 될 사건의 다양한
변이를 내재한다. 인용문은 모두 추리적 기법에 의한 서술로 극적인 긴
장을 배가시키는 효과를 낳는다. S. W. 도슨은 그와 같은 방법을 일컬어
'놀라움'[14] 즉 이미 설정된 어떤 상황에 그것을 변형시킬 수 있는 새로운

---

14 놀라움Surprise은 무대 밖에서의 총성이라든가, 예기치 않았던 인물의 등장이라든
　　가, 이런 종류의 효과는 평범하며 때로는 위태로울 정도로 안이하다. 헤다 가블
　　러Hedda Gabler의 자살이라든가, 『존 가브리엘 보크만 *John Gabriel Borkman*』

요소를 갑자기 끼워 넣는 방편이라고 본다. 극적 상황이 예측 불가능한 결과를 가져오리라는 가능성을 예고한다. 이때의 저택은 죽음과 배신의 음모가 뒤얽힌 복잡하고 내밀한 공간으로 초점화되며 극적 상황은 사건의 분화를 촉진하고 분화된 사건은 또 다른 하위 단위의 사건에 수렴됨으로써 서사의 입체성을 확장하는 계기로 작용한다.

로버트 숄즈와 로버트 켈로그는 그들이 공저한 『서사의 본질』에서 "모든 플롯은 긴장tension과 해결resolution에 의존한다."[15]라고 언급하고 있다. 또한 이들은 "서사체의 독자는 일종의 평형 상태, 즉 모든 정열이 다 소모된 마음의 평정 상태에 접근한 그 어떤 상태를 이룬 지점에서 자신의 독서가 끝나기를 기대할 수 있으며 독자가 그 어떤 서사체에 의해서 이런 느낌에 휩싸인다면 그 서사체는 플롯을 가지고 있다고 말할 수 있을 것"이라고 한다.

텍스트에서 '비명소리'와 '화재'는 외면상 작중인물의 내면적 놀라움을 드러내는 장치지만 텍스트 내적으로는 스토리를 역동적으로 재구하고 맥락을 확장하기 위해 작가가 전략적으로 선택한 '비유기적 정보'에 해당한다. 독자는 이와 같은 정보를 탐색함으로써 작가의 서사적 의도를 이해함은 물론 텍스트에 대한 해석을 보다 다층적으로 접근할 수 있는 가능성을 획득하게 된다.

제2막 끝 장면에서의 보크만 부인의 등장이라든가, 입센의 작품에서도 우리는 그 대표적인 예들을 찾아볼 수 있다(입센의 작품은 그 배경과 언어에 있어서 자연주의적인 요소가 강하면서도 멜로드라마에서 좀처럼 벗어나지 못하고 있음이 사실이다). S. W. 도슨, 앞의 책, 46쪽.
15 로버트 숄즈·로버트 켈로그, 임병권 역, 『서사의 본질』, 예림기획, 2001, 277쪽.

한편『도시의 흉년』에서는 행위로 인해 인물의 내면적 움직임이
자극을 받는 극적 양상이 빈번히 구사된다. 그 대표적인 인물이 수연과
어머니이다.

① "날 기억 못 하겠어?"
"어머, 별꼴이야 내가 그 상판을 기억한다구?"
나는 뒷걸음질을 치면서 팔로는 그 괴이한 탈을 삿대질했다.
"참 내 정신 좀 봐, 내가 이꼴로 숙녀한테 실례를 하다니"
그는 탈 속에서 킬킬댔다. 그리고는 탈의 턱을 손으로 약간 들썩거리
다 말고 대뜸 내 손을 잡아끌었다. (중략) 그가 탈을 벗었다. 그는 구주현
이었다. 그의 얼굴은 단정했다. 흉측한 탈에 길들여진 눈에 단정한 얼굴이
주는 그 신선한 이질감을 무엇에 비길까. 나는 사람의 얼굴을 처음 보는
것처럼 사람의 얼굴의 아름다운 질서와 조화에 황홀했다.

(『도시의 흉년』 상, 243쪽.)

② 아버지의 유들유들한 뺨에 엄마의 손톱이 깊이 파고들면서 선혈이 뚝
뚝 떠는 힘찬 선을 그었다.
「아이구, 내 팔자야, 이런 등신을 서방이라고 믿고 이날 이때 살았으
니, 아이고 이년의 팔자야 이 등신아, 이 팔푼아, 너 죽고 나 죽자. 나 이까
짓 세상 하나도 안 살고 싶다. 엉엉……」
엄마의 육중한 몸짓과 흐트러진 양단 치마저고리 밑에서 아버지는 작
고 무력해보였다. 그러나 곧 아버지의 손이 엄마의 머리채를 휘어잡으면
서 벌떡 위로 솟구쳤다. 아버지와 엄마의 위치가 뒤바뀌었다. 아버지에게
잔뜩 머리채를 잡힌 엄마의 얼굴은 근육이 위로 당겨 눈이 봉의 눈이 되
면서 험악하고 싱싱해졌다.　　　　　(『도시의 흉년』 하, 183~184쪽.)

인용문 ①은 수연이 대학 졸업식 탈춤 공연에서 구주현을 만나는 장면이다. 수연은 탈춤을 추고 있는 구주현의 모습을 '이질감'으로 인식하고 있다. 텍스트에서 '이질감'은 '억눌림'과 상치되는 감정의 상태를 대변한다. 이제까지 수연이 속해 있던 세계는 한마디로 '억눌림'이라는 용어로 규정될 만큼 폐쇄적이고 억압된 세계였다. 허위와 욕망의 가족 관계 그리고 조상들이 덧씌운 '상피相避'라는 원초적인 쌍둥이 남매관계는 그녀를 과도한 억압의 상태에 놓이게 했던 기제였다.

구주현은 역동적인 삶을 살아온 인물이다. 가난한 농부의 아들－탈춤공연과 야학을 하는 의식 있는 대학생－경찰 수배자의 신분은 그가 텍스트의 구심점이 되는 인물임을 암시한다. 텍스트에서 구주현의 '탈춤 출현'은 극적이다. 전혀 예상치 못한 상황에서 예상치 못한 모습으로 수연 앞에 나타난 것이다. 표면적으로 두 인물의 재회는 비정상적인 결합으로 인식되지만 텍스트 내적으로는 서사의 의미가 생성되고 확장되는 가능성을 담보한다. 그것은 긴장과 파국이라는 서사 모티프로서의 연계 가능성뿐 아니라 독자로 하여금 전체 텍스트의 의미를 탐색하고 조망할 수 있는 여지를 제공하기 때문이다.

또한 수연은 구주현이라는 인물과의 재회라는 행위를 통해 자신을 반성적 시각으로 바라볼 수 있는 단초를 획득하게 된다. 자신의 가족을 둘러싸고 있는 여자들…. 할머니, 대고모할머니, 엄마, 아버지의 첩, 이모, 언니…. 그들은 모두 자신의 생을 남자에게 줄 수 있는 쾌락에 걸었다가 실패한 인물이다. 수연은 그런 '여자들의 실패'를 반성적 시각으로 객관화할 뿐 아니라 구주현으로 대변되는 건강한 삶으로의 회귀를 열망

한다.

②는 갈등 관계에 놓인 아버지와 어머니의 모습을 집약적으로 보여주는 예문이다. 아버지와 어머니의 싸움은 향후 어머니의 내면의 자극을 강제하는 극적 계기로서의 기능을 담지한다. '바람을 피우는 아버지-아내에게는 성적으로 무능한 남편-재산을 빼돌리는 죄인'이 아버지의 원래 모습이라면 '물질만능에 기반한 허영심 가득한 중년 부인-자식에게 외적 삶의 중요성만을 강조하는 어머니-기사와 불륜 관계에 있는 죄인의 모습'은 어머니의 실체이다. 인용문에서 보듯 두 인물은 외도를 하고 있고 물질에 대한 집착이 강하다는 공통점을 지닌다. 이러한 서사적 패턴은 대중소설의 남녀 관계에서 흔히 등장하는 양상인 것은 분명하지만 박완서의 소설에서는 어느 한 맥락에 고착되지 않는다.

한국 근대소설에서 애정의 삼각관계는 인물들 간의 갈등뿐만 아니라 사회적 세력 내지 힘의 갈등을 표상하는 흔한 제재였다. 한 여성 또는 남성을 가운데 놓고 정신과 육체에 대응하는 연적들을 양쪽에 두는 애정의 삼각관계는 물질적 재화의 분배가 불균등한 현상, 그러니까 사적 욕망의 실현 여부가 물질적 재화와 소유 정도와 비례하는 사회의 지배적 현상을 표상한다.[16]

시대를 막론하고 성과 자본은 인간의 존재를 규정하는 중요한 요인이자 타자와의 관계를 가늠하는 요인이다. 그것은 지배적인 관계와 힘이라는 역학이 작용하기 때문인데 대체적으로 기존의 대중문학은 여성

---

16 이혜령, 『한국소설과 골상학적 타자들』, 소명출판, 2007, 49쪽.

을 피해자 내지는 약자로 보는 관점을 취했다. 그러나 위 텍스트의 인용문에서 보듯 박완서의 소설은 그러한 전망을 무너뜨린다. 아버지와의 관계에서 배태된 어머니의 의식은 대단히 충동적이고 즉물적이다. 어머니는 기사와의 불륜으로 성적 욕망을 드러내며 아버지와 관계에 있어서도 대등한 관계를 요구한다.

그러나 어머니는 아버지에게 둘째 부인에게서 낳은 자식이 있다는 사실을 알고 급격히 무너지고 만다. 부부 싸움은 갈등 표출의 형태이지만 혼외자식의 존재는 관계의 파탄을 견인하고 규정하는 단초가 된다. 어머니의 극단적인 행위와 이로 인해 추동되는 심리적 긴장은 퇴행이라는 행위로 전이된다. 여전히 견고한 물질과 허영이라는 외적 조건에 집착한 어머니는 아버지의 혼외자식을 직접 보고는 뇌졸중으로 쓰러지며 '도시의 흉년'은 결국은 '허위의 풍년'으로 귀결되는 역설적 결말에 도달하게 된다.

4. 다층적 서술과 서사적 거리의 길항

텍스트는 담론의 제 주체들이 소통을 구현하는 장이다. 서술자가 어떻게 진술하고 피서술자가 어떻게 반응하느냐에 따라 텍스트의 의미가 달라진다. 또한 텍스트의 의미를 수용하는 독자들의 참여와 주관에 따라 해석의 방향도 다양하게 분기된다. 즉 담론 층위에서 서술은 구조적으로 이루어지는 이념적 행위로서 텍스트의 자장 사이의 교량적 역할을 담지한다. 때문에 텍스트의 서사성은 단순히 이야기 층위의 지표를 넘어 가독성Readability의 문제로 확장된다. 의미화 체계인 서사물은 사건의 결합이라는 스토리 층위를 넘어 서술되는 방식과 독자들의 해석과도 밀접하게 관련되어 있기 때문이다.

스토리 층위를 넘어 독자와의 소통을 추구하는 서술 방식은 박완서 소설의 특징 가운데 하나이다. 특히 여성이 주인물인 텍스트에서는 여성적 담화가 두드러지게 드러나는 경향이 있다. 여성적 담화를 펼쳐내는 특유의 문체는 종종 '수다'[17]라고 명명된다. 하지만 박완서의 소설에 등장하는 여성들의 수다는 말이라는 '흐름'을 넘어 '창조 행위'로 접맥된다. 그것은 텍스트를 생산하는 작가의 의식의 반영이기도 하지만 내포 독자의 해석적 참여를 견인하는 의미있는 행위라고 볼 수 있다.

수다는 내면의 상처를 치유하기 위해 삶의 의미를 부여할 수 있는 언어들을 쏟아내는 것으로서, 그것이 생활의 미세한 틈새들을 들춰내는 것은 의미의 미립자들이 삶의 곳곳에 분산되어 있음을 나타낸다.[18] 이

---

17 "「나의 가장 나종 지닌 것」 같은 작품에서 대표적으로 보이는 일사천리의 말의 흐름은 따로 떼어놓고 보더라도 샘솟듯이 나오는 소위 박완서 특유의 문체는 여성의 〈수다〉문화에 기반한 자연발생적, 자발적, 심지어 자동적 말의 흐름으로 간주되는 수가 많다.⋯ 하지만 여기서 혼동하지 말아야 할 것은 말은 말이요, 흐름은 흐름이라는 것이다. 말의 흐름이 유려하다 하여 그 유려함에만 주목하는 것은 그 유려함이 만들어지기 이전 말 부분에 들어간 창조행위, 즉 하나하나의 단어를 고르는 일을 비롯하여 그 단어 조각보 만들 듯이 하나의 문장을 만들어 내는 손공 같은 창조행위를 도외시하는 것이 된다." 최경희, 「「어머니의 법과 이름으로」 -「엄마의 말뚝」의 상징구조」, 『박완서 문학 길찾기』, 세계사, 2000, 171쪽.
18 나병철, 『소설과 서사문화』, 소명출판, 2006, 63쪽.

수다를 풀어내는 서술자의 태도와 정서는 사건의 계열화만큼이나 가변적이고 역동적이다.

① 꽃을 보는 것도 싫었다. 유월의 햇살 속에 그렇게 아름답게 빛나던 갖가지 빛깔들이 죽음의 냄새가 늪처럼 괸 삼층 구석구석에 다만 그 냄새를 희석할 목적으로 꽂히는 걸 보기가 싫었다. 차라리 조화弔花가 되기를 바라게 될까봐 싫었다. ② 영우 생각이 났다. 영우의 그 카메라의 렌즈 같은 눈도 이번 주의 꽃이야말로 제발 조화가 되거라 하고 바라보겠지. 아무리 윤명이를 귀여워해도 기분 나쁜 계집애인 건 어쩔 수 없었다. 영우가 아침상에서 민우에게 한 알리바이란 말도 생각할수록 기분 나빴다. ③ 살인이나 도둑질의 현장도 아니겠다, 자식들의 아버지 빨리 숨넘어갔으면 하고 바라는 소리를 못 들은 척하고 피했다고 알리바이 세웠다느니 귀를 씻으라느니 하는 건 악의가 지나친 것 같았다. ④ 계곡에 철조망을 치고 사는 집에 좋은 사람이 살고 있을 턱이 없다는 예감이 이렇게 적중할 게 뭐람. ② 그렇지만 자명은 민우가 좋은 사람일 것 같은 예감 또한 들어맞았다고 생각하고 싶었다. 그래서 이 집에서 따돌림과 미움을 받고 있어 자기가 사랑해 주고 보호해 줘야 할 것처럼 느꼈다.

(『욕망의 응달』, 122~123쪽.)

인용문은 『욕망의 응달』의 일부분이다. 텍스트는 욕망에 뒤얽힌 내밀한 스토리를 추리적 요소와 전통적 서사 방식으로 구체화하고 있다.[19] 서술의 양상은 묘사보다는 진술에 가까운데 이를 풀어내는 방식은 간단치 않다. 텍스트에는 하나 이상의 서술과 이를 인지하는 목소리 그

---

19 신철하, 앞의 책, 249~258쪽 참조.

리고 인물의 독백 등이 내재되어 있다. 자명으로 대변되는 인물화자의 목소리(①), 일반적인 서술자의 목소리(②), 인물의 내적 독백(④), 내포 작가의 목소리(③) 등이 그것이다. 즉 텍스트 내에 다층화된 목소리와 수준이 존재한다는 것이다.

미혼모인 자명은 영우와 결혼하여 대저택에 들어와 살면서 범상치 않은 일을 겪게 된다. 자명은 자신보다 두 살 어린 소희라는 시어머니와 그녀를 둘러싼 민우와 이복형제들 간에 심상치 않은 기류가 흐르고 있음을 알게 된다. 자명이 영우와 결혼하게 된 것은 영우의 생모가 음모한 계략에 의해서이기도 하지만 한편으로는 아들이 딸린 미혼모라는 현실적인 이유 때문이기도 하다.

텍스트에서 대저택은 과거의 비밀스러운 욕망이 깃든 공간이지만 민우의 배다른 누이인 영우와 서자들의 반장격인 태우 그리고 다른 이복형제들과의 관계가 파생되는 기호화된 공간으로 상정되어 있다. 서사적 공간으로서의 대저택의 이미지는 향후 전개될 사건의 입체화를 추동하는 열려 있는 공간으로서의 의미를 담지한다. 텍스트에서 반복적으로 되풀이되는 대저택의 이미지는 특유의 분위기를 조성하고 사건의 선과 연결된다.

대저택을 둘러싼 공포의 실체는 이를 전달하는 서술자의 목소리에 의해 효과가 극대화된다. 인용문은 자명의 내적 독백과 상황을 전달하는 서술자의 언술 그리고 인물화자의 목소리가 미세하게 혼재되어 있음을 보여준다. 또한 수다처럼 쏟아내는 서술자의 목소리는 자명의 심리적 상태를 드러낼 뿐 아니라 향후 전개될 '조화弔花'로 상징되는 사건을 예고하는 역할을 포괄한다. 즉 사건의 계열화는 서술적 목소리가 텍스트에 반영되는 긴장의 정도에 따라 특유의 분위기를 연출한다. 이때 독자는 서술적 목소리가 배태한 다양한 이미지를 변형하거나 재구축할 수 있는 여지를 담보하게 된다. 이는 담론 내용이나 메시지에 대해 피서술자와 독자가 서사적 의미망에 개입할 수 있는 여지가 많다는 것을 전제한다.

서사물의 서사성은 그 서사 대상의 구성 요소나 배열 상태, 즉 즈네뜨나 리몬－케넌, 채트먼 등이 말하는 이야기 층위와 깊은 연관이 있는 것은 사실일지라도 이 이야기 서사 구조와 텍스트 서사 구조에만 기인하는 것이 아니라 텍스트 담론 구조, 즉 사건의 기술Description로서 서사가 말해지는 방식과 그 서사물이 수용되는 맥락(구체적으로 그 서사물의 독자)과도 긴밀하게 연관되어 있다.[20]

독자와 청자는 다층적인 서술자의 목소리와 계열화된 사건의 틈새에서 특정의 메시지와 서술의 문맥을 파악하게 된다. 사건의 연쇄와 분화 그리고 합일은 이를 전달하고 매개하는 화자와의 거리가 가변적이고 복잡할 때 풍부한 해석의 장을 담지한다는 것이다. 텍스트에서 대저택을 배경으로 벌어지는 죽음과 음모의 계략은 사건이 계열화되는 방식보다 다층화 된 서술자의 목소리에 의해 서사성이 확장되는 측면이 있다. 이처럼 음모의 실체를 모호하게 하고 이를 벗겨내는 과정을 유예시키고 변주하는 서사적 병략은 의미의 '창조 행위'라 할 수 있는 특유의 수다와

---

20 임환모, 『한국 현대소설의 서사성과 근대성』, 태학사, 2002, 15~16쪽.

맞물려 효과가 증폭된다.

이러한 서사적 특징은 『그해 겨울은 따뜻했네』에서도 드러난다.
다음 인용문을 보자.

① 수철이 말에 의하면 눈물까지 글썽였다고 하는데 정말 그랬을까? 꽤
간곡하게 부탁한 것 같기도 하고 지나가다 들른 척 잡담 끝에 한마디 한
것 같기도 했다. 그렇지만 지나가다 한마디한 말을 귀담아 듣고 남에게
다시 청탁을 해서 성사시켜줄 수철이가 아니었다.

수철이한테 그 일을 부탁하고 와서 지금까지 몸살인지 꾀병인지 시름
시름 앓으면서 줄곧 생각한 것은 오목이하고도 일환이하고도 다시는 상
종을 하지 말아야지 하는 거였다.

② 다시는 다시는 상종을 하지 말아야지. 그러기 위해선 또 한번 오목이
를 모른다 할 수밖에 없으리라. 그건 하늘 무서운 일이지만 그럴 수밖에
없어. 제발 오목이와의 악연이 이번이 마지막이길.

③ 수지는 줄창 그 생각만 했다. 수지는 몸살을 앓은 게 아니라 그 생각을
앓은 거였다.

④ 그 생각은 고열처럼 몸살처럼 수지의 의식을 혼미하게 하고 몸을 고달
프게 했다.

일곱 살 적만 못해. 여북해야 그녀는 싸고 싸고, 꼭꼭 움켜쥐고 있던
일곱 살 적의 자신을 불러일으키려고까지 했다. 그러나 아이들의 잔혹성
엔 어른이 이해할 수도 흉내낼 수도 없는 데가 있다는 걸로 구구하게 일
곱 살 적의 자신을 변명하는 게 고작이었다.

(『그해 겨울은 따뜻했네』, 458~459쪽.)

인용문에는 여러 수준의 목소리가 드러나 있다. 주인물인 수지로
대변되는 인물화자의 목소리(①), 수지의 독백(②), 일반적인 서술자의

목소리(③), 그리고 작가의 목소리로 추정되는 허구 외적 목소리(④) 등 다양한 층위의 목소리가 혼재되어 있다.

수지는 오빠인 수철을 만나고 난 후, 동생 오목과 관련해 심리적인 갈등에 직면해 있다. 공교롭게도 오빠 수철은 오목의 존재에 대해 알지 못하는 상태이며 오목 또한 선의를 베푸는 수지나 수철이 자신이 찾고 있는 언니와 오빠인지 알지 못한다. 이러한 전제는 앞의『욕망의 응달』에서처럼 추리소설적인 사건의 전개와 맞물린 서사성의 효과를 염두에 둔 전략으로 풀이된다. 그러나 중요한 것은 이들 서사적 연쇄와 이를 전달하는 다른 수준의 서술적 목소리가 빚어내는 의미의 생성 효과이다. 독자의 반응을 유도하고 해석의 다의성을 담보하기 위한 장치로 볼 수 있다. 여기에서 작가는 가족이라는 실체에 대한 좀더 근원적인 질문을 독자들에게 던지고 있다고 추정된다.

가족에 대한 비판에는 항상 일정한 〈한계선〉이 존재한다. 가족을 비판하되 가족주의 이데올로기를 문제삼을 것이지 〈가족〉 그 자체를 문제삼아서는 안 된다는 한계선이 그것이다. 가족주의 이데올로기는 유죄이지만 〈실체〉로서의 가족은 무죄이며 항상 〈면죄부〉가 발급된다. 그러나 박완서는『그해 겨울은 따뜻했네』에서 이렇게 질문한다. 과연 가족의 〈실체〉라는 것이 무엇인가? 가족주의 이데올로기에 포획되지 않은 진짜 〈가족〉이 존재할 수 있는가?[21]

이 같은 질문은 가족이라는 '실체'를 바라보는 인물들의 편차적인

---

21 권명아, 「「가족의 기원」에 관한 역사소설적 탐구」,『그해 겨울은 따뜻했네』 해설, 세계사, 1994, 539쪽.

시선과 연계되며 서사를 매개하는 서로 다른 층위의 서술자의 거리와 맞물려 해석자로서의 다양한 독자의 반응을 유도한다. 텍스트에 반영된 외면적인 가족의 분위기나 이미지는 다소 부정적인 측면이 강하다. 그러나 이것은 어디까지나 텍스트 이야기 층위에 드러난 외재적인 측면이지 텍스트 내적인 그리고 소통행위적인 측면에서는 동일한 관점으로는 볼 수 없다.

이처럼 특정 이미지나 의미의 구축과 수정은 다양한 층위의 목소리를 상정하고 견인하는 작가 특유의 '수다'와 연계되어 가족의 본질과 존재 이유에 대한 해석의 다의성을 담지한다. 독자는 서사적 사건을 반영하는 여러 층위의 목소리를 통해 텍스트의 의미의 구축과 창조 과정에 보다 적극적으로 개입할 수 있다. 다층적 서술과 서사적 거리의 길항은 박완서의 대중소설의 서사성을 풍요롭게 확장하는 기제로 작용하는 것이다.

5. 나오며

박완서의 대중문학은 70년대 이후의 산업사회의 대중들의 일상에 초점을 맞춘다. 텍스트에서 대중은 '당대 현실의 실제적 국면을 드러내는 계층'을 의미하지만 한편으론 '문학의 오락적 소비적 성향에 우위를 두는 독자'를 지칭되기도 한다.

텍스트에서 서술적 메커니즘은 '서사적 욕망'과 직결되는 것으로 서사의 복합적 계열화를 풍부하게 드러내려는 의도적 장치에서 기인한다. 박완서의 대중소설이 지닌 서사성은 복수서사 구현과 이야기성의 실현, 극적 장치의 서사화, 다층적 서술과 서사적 길항을 들 수 있다. 『휘청거리는 오후』, 『오만과 몽상』 등의 텍스트에는 공통적으로 여러 줄기의 서사가 존재한다. 이는 여러 사건이 단순한 시간적 연쇄가 아니라 계층 구조적 연쇄에 의해 결합되어 있음을 의미한다.

다음으로 극적 장치의 서사화와 역동적 인물구도를 들 수 있다. 이처럼 극적이라는 용어는 인물의 내면적 갈등이 증폭되거나 특정한 행위로 인해 내면의 움직임이 자극 받는 것을 말하는데 서사적인 연쇄를 지지하고 견인하는 요인이 된다. 이는 대다수의 원텍스트가 신문의 연재소설 형식이라는 사실과 무관치 않은데 신문소설이 궁극적으로 일반의 대중의 욕구에 부합하기 위한 의도로 상황이나 아이러니와 같은 극적인 효과를 구사한 때문으로 풀이된다.

『그해 겨울은 따뜻했네』, 『욕망의 응달』은 내면적 갈등의 증폭이라는 극적 장치가 빈번히 구사되는 반면 『휘청거리는 오후』, 『도시의 흉년』, 『오만과 몽상』은 특정한 행위로 인해 내면의 움직임이 자극 받는 양상이 두드러진다. 물론 두 극적 장치가 일정부분 혼합되어 드러나기도 하지만 작가의 차별적인 정보 제시 전략에 따라 다소 변별된다. 이는 텍스트의 중요한 정보들이 일정 부분 의미를 은닉하다가 서사적 연쇄라는 텍스트의 구조에 직조됨으로써 텍스트의 의미가 생성되고 확장되기 때문으로 보인다.

마지막으로 박완서 대중소설의 서사성은 서술 층위가 다른 목소리가 빚어내는 의미의 확장을 꼽을 수 있다. 『그해 겨울은 따뜻했네』, 『욕망의 응달』과 같은 여성이 주인물인 텍스트에서 '수다'라고 명명되는 여성적 담화가 두드러지게 드러난다. 사건의 계열화는 서술적 목소리가 텍스트에 반영되는 긴장의 정도에 따라 특유의 분위기를 연출하며 독자로 하여금 서술적 목소리가 배태한 다양한 이미지를 변형하거나 재구축할 수 있는 여지를 가능하게 한다. 이는 담론 내용이나 메시지에 대해 피서술자와 독자가 서사적 의미망에 개입할 수 있는 여지가 많다는 것을 전제한다.

이상으로 볼 때 박완서 대중소설에 드러난 서사성은 '이야기의 욕망'을 실현하고자 하는 전략에서 기인된 것으로 작가는 텍스트의 서사적 기제를 정치하고 다양한 장치로 변주함으로써 서사성을 실현한다고 보인다.

박완서 소설의 상호텍스트성 연구
장편소설을 중심으로

1. 들어가며

지난 2011년에 타계한 작가 박완서에 대한 문학적 평가는 현재 진행 중이다. 일반적으로 명명되는 '타고난 이야기꾼'이라는 평가는 그의 소설이 지닌 미덕의 일면을 보여 주는 바, 이러한 평가는 다분히 서술적인 측면과 연계된다. 이는 다분히 '이야기를 하고자 하는 서사적 욕망'[1]이 서사 원리에 의해 무의식적으로 반복되고 있다고 볼 수 있다.

　박완서 소설의 가장 큰 서사적 특질 가운데 하나로 작품이 서로 닮았다는 점을 들 수 있다. 대부분의 텍스트가 모자이크처럼 연쇄의 관계를 이룰 뿐 아니라 원텍스트와 후행텍스트가 다양한 상호 약호에 의

---

1 신철하, 「이야기와 욕망」, 『박완서 문학 길찾기』, 세계사, 2000, 252쪽 참조.

해 의미의 회로에 수렴되는 양상을 보인다.

줄리아 크리스테바에 의해 명명된 상호텍스트성은 '모든 텍스트는 인용구들의 모자이크로 구축되며 모든 텍스트는 다른 텍스트들을 받아들이고 변형시키는 것'이라는 의미로 정의한다.[2] 이는 모든 텍스트가 거대한 네트워크라는 자장에 의해 일정한 영향력을 주고받는 관계로, 실체적인 요소를 함유한다기보다는 일정한 '차이'에 의해 구현되는 기호적 산물이라는 것을 의미한다.

이와 같은 관점에 의거해보면 박완서의 소설, 특히 장편소설은 상호텍스트성이라는 거대한 '네트워크'에 의해 의미 있는 서사체로 전이되고 수렴된다는 사실에 도달한다. 언급했다시피 박완서의 장편소설은 크게 세 부분으로 집약되는데 전쟁 체험과 관련된 자전적 소설,[3] 중산층의

---

2 소극적인 면에서 그것은 텍스트를 읽을 수 있는 것으로 만드는 규약code과 관습들, 즉 텍스트를 이해 가능한 것이 되게 하는 기본적인 조건을 이루는 것이며, 적극적인 면에서 그것은 텍스트로 하여금 그러한 규약들이나 관습들, 혹은 기존의 문학 작품들과 관련해서 어떠한 관점을 취할 수 있도록 하는 것이다. 따라서 그것은 모방이나 표절, 암시, 패러디, 아이러니, 인용 등의 형태를 취할 수 있다. 한용환, 『소설학 사전』, 문예출판, 1999, 230~232쪽 참조.

3 '자전적 소설'은 허구적 서사물이라는 점에서 '전기'나 '자서전'과는 다르지만 '허구'의 실제 성격은 작가 개인의 구체적 경험과 관련을 맺고 있는 경우가 흔하다. 작가는 작품의 예술적 목적을 강조하기 위해 자신의 개인적 경험의 어느 부분을 생략하거나 집중적으로 강조하며, 혹은 필요하다면 어떤 부분을 조작해 내기도 한다. (중략) 일반적으로 '자전적 소설'이라 간주되는 작품들은 짧은 소설이 지니는 드라마틱한 사건이나 구성상의 긴밀함보다는 다소 느슨하고 개방된 플롯을 통해 한 인물을 둘러싼 물리적 사회적 환경, 그 안에서는 자질구레한 일상사 및 미세한 의식들을, 치밀하고 섬세하게, 다소 장황하게 제시한다. 한용환, 위의 책, 376~377쪽 참조. 본고에서 논구하고자 하는 자전적 소설 개념과 범주는 위의 내용을 근거로 함을 밝힌다.

허위를 다룬 대중소설,[4] 여성의 자아발견과 홀로서기를 견지한 페미니즘소설[5]이 그것이다. 물론 박완서의 소설을 엄격하게 구분한다는 것은 다소 무리한 측면이 있다. 자전적 소설에 대중소설 요인이 페미니즘소설에 자전적 소설의 요인 등이 복합적으로 얽혀 있기 때문이다. 자전적 소설과 대중소설의 모티프 유사성, 대중소설과 페미니즘소설의 주제적 측면, 자전적 소설과 페미니즘소설의 의도성이 혼재되어 있다. 또한 세 부분이 하나의 텍스트에 드러나 있기도 하다. 예를 들어 자전적 소설 『나목』의 경우 6·25로 인한 상흔을 다루고 있지만 대중소설의 『그해 겨울은 따뜻했네』에서도 6·25전쟁이 원인이 되어 비극적 삶을 살아야

---

4 대중문학이라 할 때 그것은 두 가지 방향에서 그 개념을 정립할 수 있을 듯하다. 그 하나는 개인주의적 문학 내지 자아중심적 문학의 대립 개념으로서의 문학을 이름이며, 후자는 순문학 혹은 본격문학의 대립 개념으로서의 그것이다. 전자는 문학의 사회적 기능, 내지 교훈적 기능을 우위에 두는 문학의 이름이며, 말하자면 문학은 작자 자신의 폐쇄적인 개인의 테두리를 벗어나 당재 현실의 실제적 국면을 폭넓게 수용할 수 있어야 한다는 것을 전제로 하는 문학인 데 반하여, 후자는 문학의 오락적 소비적 성향을 우위에 두는 것이니, 말하자면 가능한 한 광범위한 독자를 포용할 수 있어야 한다는 것을 전제로 하는 문학이다. 천이두, 「대중문학의 성격과 기능」, 대중문학연구회 편, 『대중문학이란 무엇인가』, 평민사, 1995, 32~33쪽. 본고에서 논구하고자 하는 대중소설은 위에서 제시한 두 양태가 혼합되어 있다는 사실을 대중소설의 서사성을 연구한 논문에서 밝힌 바 있다. 박성천, 「박완서 대중소설의 서사성 연구」, 『한국문예창작』 21, 한국문예창작학회, 2011, 4.

5 "…남성중심의 전통적인 사회·가정윤리와 관습의 굴레 등에서, 여성 자신의 여성부정적 의식으로부터 인간으로서의 여성의 존재론적 자아투시와 자아발견을 지향하는 페미니즘소설의 현저한 가시화현상을 보이기도 한다." 이재선, 『현대 한국소설사』, 민음사, 1991, 18~19쪽. 본고에서 논구하고자 하는 페미니즘소설의 개념은 위의 내용을 근거로 하였으며 상호텍스트성이 비교적 명확하게 드러난 박완서의 초기 장편소설 세 편을 대상으로 했음을 밝힌다.

했던 '오목'이라는 여성의 삶에 초점이 맞추어져 있다. 또한 여성의 홀로
서기에 초점을 맞춘 페미니즘소설 『서 있는 여자』의 주인공 '연지'는
속물적인 언니들과는 달리 주체적인 삶을 지향하는 『휘청거리는 오후』
의 '말희'와 유사한 측면이 있다. 박완서 소설에서 드러나는 이러한 상호
텍스트성은 텍스트의 유형을 떠나 포괄적으로 드러나 있다고 보는 게
타당하다.

상호텍스트성은 이들 텍스트의 공통적인 서사 전략 외에도 텍스트
내적 의도성과 외적 의도성을 견인하는 장치로 의미의 다향성과 해석의
역동성을 지지한다. 텍스트의 생산자와 수용자가 대화적 협력에 의해
일련의 역동적인 관계를 이루는데 이는 독서 행위 과정에 의해 텍스트
가 진화하고 새롭게 구성된다는 의미를 상정한다. 이 과정에서 독자는
독서라는 행위를 통해 텍스트에 개입하고 무의식적인 욕망을 투여함으
로써 텍스트 간의 교섭을 견인하는 주체가 된다.

텍스트 상호성은 텍스트를 생산하고 수용하는 생산자와 수용자들
이 다른 텍스트의 지식을 이용하고 활용하는 모든 방식을 의미한다. 텍
스트 상호성에서 가장 중요한 하나는 텍스트의 유형론과 관계되는 것인
데, 그것은 담화 행위 및 그 상황의 유형과 관계가 있다.[6] 이에 따라
본고는 박완서의 장편소설 전반에 걸쳐 동일한 텍스트의 생산 원리가
해석자로서의 독자의 반응과 긴밀하게 맞물려 하나의 경향성을 드러낸
다고 보았다. 따라서 본고는 이러한 '경향성'을 토대로 박완서 장편소설

6 이석규, 「텍스트성」, 이석규 편, 『텍스트 분석의 실제』, 역락, 2003, 80~81쪽
참조.

에 내재되어 있는 반복과 변용, 흡수와 전이가 어떠한 원리에 의해 텍스트에 반영되고 독자와 대화적 협력관계를 이루는지를 규명하고자 한다. 이는 박완서의 장편소설이 선행텍스트를 근거로 후행텍스트의 변형이 광범위하게 이루어지고 있다는 사실을 전제로 한다. 자전적 소설에서는 모티프를 전개하기 위한 상황적 측면이, 대중소설에서는 서사구조적 측면의 상동성이, 여성주의 소설에서는 주제를 강화하기 위한 정보의 전략적 배치와 의도가 반복적으로 활용되고 있다.

이와 같은 연구는 텍스트 상호성의 패턴을 인지함으로써 작가의 서사 전략이 배태한 의미망을 좀더 정치하게 밝힐 수 있다고 본다. 즉 자전적 소설에서는 특정 상황의 전개를 위한 사건들의 집합인 '프레임'[7]이 대중소설에서는 중산층의 왜곡된 세태가 행위나 사건의 연쇄적인 배열을 뜻하는 '스키마'가 페미니즘소설에서는 가부장제 실상의 고발과 홀로서기라는 작가적 담론을 실현하기 방편으로 '플랜'이 활용된다고 보았다. 그러나 언급했다시피 이러한 측면은 박완서의 모든 장편소설에서

---

7 텍스트 정보의 생산 및 이해의 주체로서 텍스트 참여자를 분석할 때 널리 도입되는 개념이 프레임이론과 스크립트 이론이다. ㄱ. 프레임: 특정 상황의 전개에 필요한 사건들의 집합을 말한다. 이 때 특정 상황을 텍스트 상황이라고 하고, 그 상황을 표층에서 실현하는 명제를 텍스트 명제라고 이름 붙이면, 텍스트 상황은 여러 개의 텍스트 명제의 결속체로 이루어진다. ㄴ. 스키마: 시간적 인접성과 인과 관계로 연결된 사태 구조와 상태들이 일정한 순서로 배열되어 있는 양식을 말한다. 우리는 스키마를 토대로 하나의 사건 이후 다음에 이어질 사건이나 행위 정보를 예측하며, 이전의 사건을 추론하고, 정보를 복원하기도 한다. (중략) ㄹ. 플랜: 의도된 목표를 실현하는 사건 및 행위로 구성된 지식 형태를 말한다. 허재영, 「텍스트 분석과 텍스트 언어학의 전망」, 이석규 편, 『텍스트 분석의 실제』, 역락, 2003, 91~97쪽 참조.

일정 부분 혼합되어 나타난다.

　본고에서 연구 대상으로 삼은 작품은 다음과 같다. 작가의 원체험을 대상으로 한 자전적 소설로『나목』,『목마른 계절』,『엄마의 말뚝』,『그 산이 정말 거기 있었을까』,『그 많던 싱아는 누가 다 먹었을까』가 있으며 중산층의 허위의식과 세태를 풍자한 대중소설은『그해 겨울은 따뜻했네』,『도시의 흉년』,『오만과 몽상』,『휘청거리는 오후』가 있다. 여성의 홀로서기와 자각에 초점을 맞춘 페미니즘소설에는『살아 있는 날의 시작』,『서 있는 여자』,『그대 아직도 꿈꾸고 있는가』가 해당한다. 이들 작품은 텍스트 상호 간에 긴밀한 조응의 관계를 이루는데 선행 텍스트는 자체 내에 의미나 변화의 가능성을 다른 텍스트에 제공하는 역할을 담지한다. 이는 이전의 텍스트가 다른 텍스트에 정보나 서사적 질료를 제공하는 차원에만 머무는 것이 아니라 의미생성 구조를 견인하는 차원으로 확장됨을 의미한다. 따라서 본고는 박완서 장편소설의 특질 가운데 하나인 텍스트 상호 간의 내적인 관계가 어떻게 상호 텍스트적인 의미 생성의 네트워크에 수렴이 되는지 그리고 특정한 약호에 의해 '텍스트성'[8]을 획득하는지를 고찰하고자 한다.

---

8 텍스트는 '서사체로서의 텍스트'를 의미하는 것으로, 텍스트성은 바르트의 추종자나 후기구조주의자가 사용하는 의미로 '텍스트로서의 서사체', 즉 작가의 계획과 독자의 수용이 항상 엇갈리며 변화하는 교차점에 위치한 의미의 가능성으로서의 텍스트로 간주할 수 있다. 패트릭 오닐, 이호 역,『담화의 허구』, 예림기획, 2004, 42~43쪽.

2. 원체험의 서사화와 상황의 '프레임'

자전적 소설에 나타나는 텍스트 상호 간의 관계는 장르의 특성과 연관이 깊다. '자전적'이라는 어휘가 전제하고 환기하는 것은 작가 경험의 텍스트화이다. 이는 특정 상황의 전개에 필요한 사건, 다시 말해 '프레임'이 직조된 것으로 궁극적으로 텍스트 생산성을 지향한다. 이러한 특질은 텍스트 상호 간의 교체를 견인할 뿐만 아니라 "다른 텍스트에서 발췌한 여러 언표들이 텍스트 공간에서 서로 교차되고 중성화"[9]되는 양상을 담지한다. 이는 텍스트 상호 간의 관계가 재배치적이며 전이가 가능한 기호체계이며 하나의 텍스트가 정태적 측면을 탈피해 다른 구조를 향해 나아가고 있다는 사실을 전제한다.

주지하다시피 박완서의 자전소설을 형성하고 있는 핵심 기제는 6·25라는 전쟁의 상흔과 이로 인한 트라우마를 꼽을 수 있다. 오빠의 죽음과 그로 인한 인물들의 정신적 병리현상은 전쟁이라는 특정 상황의 전개를 위한 필수불가결한 요인이다.

프로이드는 "정신생활에서 짧은 기간 내에 엄청나게 강한 자극의 증가를 가져오는 체험을 외상적 체험"[10]이라고 정의한다. 이는 특정한 시기에 걸친 고강도의 충격이 정신적 에너지를 비정상적인 상황으로 강제함으로써 빚어지는 상태를 말한다. 이는 '반복 강박'이라는 정신적 문

---

9 줄리아 크리스테바, 서민원 역, 『세미오티케－기호분석론』, 동문선, 2005, 69쪽.
10 지그먼트 프로이트, 임홍빈 역, 『정신분석 강의』, 열린책들, 2003 재간, 374~375쪽.

제와 직결되는데 정신병리학 차원에서 '반복 강박'은 억제할 수 없는 과정을 가리키며 환자는 고통스러운 상황에 능동적으로 편입하면서 아주 오래된 경험을 반복한다.[11] 박완서 자전적 소설에서 이러한 '반복 강박'[12]에 의한 원체험의 서사화는 단지 텍스트의 정체된 측면을 되풀이하는 것이 아닌 역동적인 교차와 변화를 견인하는 담론의 기제로 작동을 한다.

① 나는 우리 집을 보았다. 한쪽 지붕이 날아간 우리 집을. 나는 악을 쓰려 했으나 악이 써지지 않았다. 입술을 떨며 말이의 치마폭에 얼굴을 묻었다. 눈을 꽉 감고도 모자라 검정 스커트에 얼굴을 파묻었는데도 내 시야에는 선홍빛이 넘쳤다. (중략) "가엾은 나의 엄마. 엄마가 그런 걸 보셨다니. 우리 엄마가 그런 걸 보실 수가 있을 줄이야. 그렇지만 엄마, 저를 위해서라도 오래 오래 사셔야 돼요. 이렇게 제가, 엄마의 딸이 있잖아요. 제가 엄마를 행복하게 해드리겠어요. 오빠들 몫까지 효도를 하고 말고요. 가엾은 나의 엄마, 빨리빨리 나으셔야 돼요."

11 장 라플랑슈·장 베르트랑 퐁탈리스 공저, 임진수 역, 『정신분석 사전』, 열린책들, 2005, 147~148쪽.
12 손윤권은 박완서 자전소설을 상호텍스트 안에서 담화가 변모하는 과정을 중심으로 분석한 바 있다. (손윤권, 「박완서 자전소설 연구ー상호텍스트 안에서 담화가 변모하는 과정을 중심으로」, 강원대 석사논문, 2004.) 그는 논문에서 '반복 강박에 따른 모티프의 반복·변주' 등에 초점을 두고 담화의 변모 과정을 분석한다. 이에 본고는 연구자의 의견에 일정 부분 같이 하지만 그가 연구 대상으로 단편, 중편, 장편을 동일선상에 놓고 분석하고 거의 모든 소설을 '자전소설'로 유형화한데 의문을 제기한다. 본고는 '허구적 자서전'이라는 관점에서 '자전적 소설'로 규정하는 것이 더 타당하다는 것과 연구 대상의 텍스트로 장편 소설만을 한정, 각기 자전적 소설, 대중소설, 페미니즘소설로 분류하고 각각의 유형에 따라 상호텍스트성이 텍스트를 생산하고 수용하는 상호작용임을 규명하고자 한다.

나는 어머니의 손을 내 손 사이에 받들고 기도 드리듯이 경건하게 어머니의 쾌유를 빌었다.

어머니가 별안간 눈을 크게 떴다. 처음엔 눈이 부신 듯이 가늘게 그러다가 점점 크게 열리며 내 눈과 마주쳤다. (중략) "어쩌면 하늘도 무심하시지. 아들들은 몽땅 잡아가시고 계집애만 남겨놓으셨노."

(『나목』, 227~229쪽.)

인용문은 박완서의 데뷔작인 『나목』의 한 부분이다. 알려진 대로 『나목』[13]은 박완서의 작가로서의 출발을 가능케 한 작품으로 작가의 경험으로 추정될 수 있는 몇 개의 부수적인 사건과 오빠의 죽음이라는 핵심적 사건이 교직되어 있다. 오빠의 죽음은 이후 발표된 자전적 소설에 반복적으로 변형, 서사화될 만큼 강렬한 인상을 주었다. 즉 오빠의 죽음은 후행텍스트와의 관계를 견인하고 확장하는 상호텍스트적인 핵심 모티프이자 하나의 '반복 강박'이라는 정신적 병리 현상으로 각인되어 있다는 것을 반증한다.

② "넌 국방군이야. 넌 내 손에 죽어야 돼. 내 식구도 너희 국방군놈의 총에 죽었어."

총은 난사됐고 열은 나동그라졌다. 처참한 외마디 소리를 지르는 서 여사에게 황소좌는 조용히 말했다.

---

13 『나목』의 주인공 화자 '이경'은 스무살 이후의 성인이다. 유년의 체험을 다룬 연작소설 「엄마의 말뚝1」의 주인공보다 훨씬 나이가 많다. 그럼에도 『나목』이 원텍스트가 되는 것은 1970년 『여성동아』에 당선된 장편소설이라는 점과 이후 자전적 소설의 방향을 가늠할 수 있는 모티프를 제공한다는 점 때문이다.

"나는 원수를 갚은 것 뿐이오."

그런 일을 저지르고 나서 할머니가 죽어 있는 갑희네로 온 황소좌는 무엇엔가 몹시 싫증난 얼굴을 하고 있었다. 그런 일을 알 턱이 없는 갑희는 황소좌를 보자 우선 소리내어 울었다. 그것은 할머니의 죽음이 슬퍼서가 아니라 상가에 문상객이 오면 상주는 곡을 하는 거렸다 하는 그녀다운 상식에서였다. (중략) 갑희와 동네사람들의 손에 의해 열의 시체는 무악재고개 너머 좀 외딴 곳, 밭이 있고 밭이 끝나고 산이 시작되려는 양지바른 둔덕에 묻혔다. 그때까지만 해도 서여사는 실성한 기미까지는 보이지 않았는데 그날 아들이 묻힌 곳을 한사코 떠나려 들지 않더니 어두운 후에야 가까스로 그 자리에서 서여사를 떼어 올 수 있었고, 그 다음날도 온종일을 아들이 묻힌 곳에서 보냈다.　　　　(『목마른 계절』, 321~322쪽.)

인용문은 오빠의 죽음이라는 핵사건이 트라우마로 작용하는 사실을 보여주는 다른 사례. ①처럼 오빠의 죽음은 당시의 상황을 드러내는 '프레임'으로 고착된 감정과 기억을 구체적으로 드러내는 기제로 작용한다. 죽음이라는 '외상사건'은 텍스트 생산에 영향을 미치는 상황적 요인뿐 아니라 이후 다양한 형태로 변주된다. 즉 동어 반복의 프레임에 의해 서사화되지만 텍스트에 드러나는 양상은 서사 상황에 따라 변별적 특질을 내재한다. 특히 오빠의 죽음을 대하는 어머니의 심리적 반응은 선·후텍스트에서 각기 다른 방식으로 언표화된다.

그러나 오빠의 죽음이 특정 상황, 다시 말해 '프레임'화되는 전제는 텍스트마다 다른 양상으로 변형된다. ①은 폭격이, ②는 인민군의 총격이 주원인이 되었음을 보여준다. 이 같은 죽음의 변주는 그만큼 작가의 심리적 트라우마가 강렬하다는 사실을 반증하는 것으로 다분히 텍스트

의도성[14]을 드러낸다고 볼 수 있다.

다음의 예문 또한 죽음과 관련해 텍스트 상황이 또다른 정보와 양상에 의해 서사화된 상호텍스트적 측면을 보여준다.

③ 그가 허리에 찬 권총을 빼 오빠에게 겨누며 말했다.

"안된다. 안돼. 이 노옴 너도 사람이냐? 이 노옴."

어머니가 외마디 소리를 지르며 그의 팔에 매달렸다. 오빠는 으, 으, 으, 으, 짐승 같은 소리로 신음하는 게 고작이었다. 그가 어머니를 휙 뿌리쳤다. (중략) 또 총성이 울렸다. 같은 말과 총성이 서너 번이나 되풀이됐다. 잔혹하게도 당장 목숨이 끊어지지 않자 하체만 겨냥하고 쏴댔다.

오빠의 유혈이 낭자한 가운데 기절해 꼬꾸라지고 어머니도 그가 뿌리쳐 나동그라진 자리에서 처절한 외마디 소리만 지르다가 까무라쳤다.

"죽기 전에 바른 말 할 기회를 주기 위해 당장 죽이진 않겠다."

그후 군관은 나타나지 않았다. 며칠 만에 세상은 또 바뀌었다.

오빠의 총상은 다 치명상이 아니었는데도 며칠 만에 운명했다. 출혈이 심한데다 적절한 치료를 받을 수 없었기 때문이다. 그 며칠 동안에도 오빠의 실어증은 회복되지 않았다.　　　　(『엄마의 말뚝2』, 108쪽.)

인용문 또한 오빠가 총격에 의해 사망에 이르게 되는 장면을 보여준다. 앞의 텍스트와 차이가 있다면 ②에서는 오빠를 총살한 인물이 황소좌라는 인민군으로 적시되어 있는 반면 ③에서는 군관으로 언표화되어 있다. 또한 ②에서는 단발의 총격에 의해 사망하지만 ③에서는 하체

---

14 텍스트 생산자가 텍스트를 통하여 자신의 의도를 추구하고 달성하기 위해서 언어를 사용하는 모든 방식을 가리킨다. 이석규, 앞의 글, 61~62쪽.

를 겨냥한 여러 발의 총격과 그로 인한 후유증으로 죽음에 이른다. ②에서는 오빠를 열이라는 3인칭 인물로 지칭한 데 반해 ③에서는 그냥 오빠로 기술되어 있다. 이처럼 오빠의 죽음을 둘러싼 정보적 측면이 각기 다르게 반영되어 있는데 이는 핵심적 모티프를 서사화 하는 과정에서 반복, 변형, 흡수 등의 방식이 반영되었기 때문으로 풀이된다.

④ 울부짖음 같은 소리가 멀리서 들려왔다. 멀다는 거리감이 시간을 거슬러 올라간 아득한 원시로 느껴질 만큼 그 비명은 간략하게 절제돼 있어 사람의 소리 같지 않았다. 올케가 먼저 화들짝 뛰쳐일어나더니 박차고 나갔다. 올케의 나부끼는 허연 속곳 가랑이를 보면서 나도 비로소 소름이 쫙 끼쳤다. 엄마가 말을 잃은 외마디소리로 우릴 부르고 있었다.

오빠는 죽어 있었다. 복중이 주검도 차가웠다. (중략) 총 맞은 지 팔 개월 만이었고, 거기 다녀온 지 닷새 만이었다. 그는 죽은 게 아니라 팔 개월 동안 서서히 사라져 간 것이다.

(『그 산이 정말 거기 있었을까』, 177~178쪽.)

위의 인용문은 총을 맞고 팔 개월 만에 죽음에 이른 오빠의 참혹한 주검을 대하는 인물의 심리가 드러나 있다. 오빠의 죽음은 앞서의 ①, ②, ③과는 또 다른 양상을 보인다. ④는 오빠가 총에 맞고도 오랫동안 생존해 있었다는 사실에 초점을 둔 경우이다.[15] 이는 총격이 아닌 총기

15 오빠가 생존한 상태로 서사가 끝이 나는 텍스트로 『그 많던 싱아는 누가 다 먹었을까』를 들 수 있다. 다른 텍스트와 달리 총기사고를 당한 오빠가 죽지 않고 생존한 상태로 서사가 끝나는데 유년기에서 청년기에 이르는 주인공의 성장기를 배경으로 서사가 진행되기 때문으로 보인다. 즉 6·25의 참상보다는 성장소설 측면에 서사의 초점이 맞추어져 있다는 의미로 볼 수 있다. 그러나 결말 부

오발로 인한 사고사라는 점을 부각시키지만 이후의 고통스러운 피난과 정과 화자의 인식의 단면을 다층적으로 보여주기 위한 전략으로 볼 수 있다.

이처럼 오빠의 죽음과 관련한 상황의 프레임은 반복적으로 변주, 또는 교호의 양상을 드러내며 인물에 있어서도 동일한 반복과 변형이 구체화된다.[16] 인용문 ①과 ②의 주인공은 각기 이경과 진이로 이종화자에 의한 동종 이야기로, ③과 ④의 주인공은 일인칭 나로 동종화자에 의한 동종 이야기로 서술이 이루어진다. 또한 ②의 '열', '서여사', '언니', '진이'는 ④의 '오빠', '엄마', '올케', '나'와 ③의 '오빠', '어머니', '올케', '나'와 동일 인물로 추정된다. 그리고 ①의 '엄마', '이경'은 각기 '서여사', '어머니'와 '진이', '나'로 대체되며 ①의 남편과 '태수'화가 '옥희도'는 ④의 남편이 된 직원 '그'와 화가 '박수근'으로 ②의 '딸부잣집 할머니'는 ④의 '구렁재할멈'과 동일한 인물로 볼 수 있다.

살펴본 대로 박완서의 자전적 소설은 전쟁 중 오빠의 죽음이라는 텍스트 상황을 중심으로 상황적, 사회적, 정보적 측면이 맞물려 작용하는 형태를 취한다. 때문에 텍스트가 개별적으로 존재하는 것이 아니라

분에 오빠가 곧 죽게 되리라는 예상을 제시함으로써 전쟁 상황과 그로 인한 가족사의 불행을 증언하고자 하는 작가의 의도를 드러낸다.
16 서사적 공간과 사건의 전개 과정에도 동일한 프레임은 반복된다. ②의 피난지 '교하읍'은 ④에서도 동일한 이유로 언급되며 예로부터 지형적 요새인 까닭에 임금의 피난지였다는 일화까지도 일치한다. 또한 주인공의 애정과 관련한 스토리도 동일한 방식으로 변주된다. ①에서 PX에서 근무하는 '이경'이 그곳의 초상화부 화가 '옥희도'를 사랑하지만 현실적인 이유로 '태수'와 결혼한다는 스토리는 ④의 주인공 '나'가 PX 초상화부 화가 '박수근'을 연모하지만 건물 기술자인 '그이'와 결혼하게 된다는 내용과 유사하다.

다양한 요인들이 함께 작용하는 '응집성'[17]의 특질을 내재한다. 이러한 응집성으로 인해 텍스트 안에서의 의의는 전이되며 독자들에게도 텍스트가 서로 연결된 매개적 관계라는 사실을 인지하게 한다. 즉 『나목』과 『목마른 계절』을 읽고 이후의 『엄마의 말뚝』과 『그 산이 거기 있을까』를 읽은 독자라면 이미 읽은 텍스트와 읽고 있는 텍스트가 상호텍스트적으로 구성되며 작용한다는 사실을 인식하게 된다.

3. 사건-행위의 연쇄적 구조 '스키마'

일반적으로 서사물은 단순한 사건의 배열이 아니라 구조적 연쇄의 총합을 일컫는다. 박완서의 대중소설은 중산층의 허위의식과 위선 그리고 이 같은 행태를 배태한 사회적 모순을 드러내는데 초점이 맞추어져 있다. 특히 성관계, 결혼, 졸업, 임신 등과 같은 특정 사건이나 행위는 모티프로서뿐 아니라 인과적 연쇄와 작가의 담론을 구체화하는 기제로 작용한다.

　　박완서 소설에서 구사되는 서술적 메커니즘은 '서사적 욕망'과 직결되는 것으로 서사의 복합적 계열화를 풍부하게 드러내려는 의도적 장치이다. 그의 소설에서 이러한 의도적 장치가 풍부하게 발현된 텍스트는

---

17 응집성이란 텍스트를 이루는 여러 개념과 그 개념들 사이의 관계가 발화체 내부에서 서로 조화하고 의존하는 가능성 또는 적합성을 말한다. 다른 말로 응집성은 텍스트 안에서의 의의의 연속성이라고 할 수 있다. 이석규, 앞의 글, 85~86쪽 참조.

이른바 대중문학이라고 일컫는 작품들로 작가는 독자들의 흥미를 이끌고 이들과의 소통을 위해 여러 서사적 장치를 활용하고 변주한다.[18] 이 같은 박완서 소설의 '이야기의 욕망'은 스토리의 사건들, 다시 말해 사건의 변화 과정인 시퀀스가 특정한 연쇄에 의해 의도적으로 결합되어 있으며 "텍스트의 주제를 전개하는데 필요한 사건－행위의 시간적 배열에 대한 정보는 스키마에 의해 주어진다."[19]라는 것을 알 수 있다. 이 배열 양식인 '스키마'를 통해 독자는 사건 전개에 대한 가능성을 예측하고 상호텍스트성이라는 의미화 관계를 추론할 수 있다.

다음은 『도시의 흉년』을 사건의 흐름과 관련하여 시퀀스로 분절한 경우이다.

(1) 쌍둥이인 수빈이 입대를 하고 할머니의 수빈에 대한 애착이 심해진다.
(2) 쌍둥이인 나(수연)는 아버지의 첩이 아들 수남을 낳은 사실을 알게 된다.
(3) 탈춤 공연을 하는 구주현을 만나게 된다.
(4) 언니의 약혼자 서재호가 병문안을 온다.
(5) 대학축제 파트너로 서재호가 찾아오고 성관계를 맺게 된다.
(6) 임신 사실을 어머니가 알게 되고 수연은 중절수술을 받는다.
(7) 수빈은 순정을 통해 엄마로부터 자유를 꿈꾼다.
(8) 구주현이 데모 주동자로 지명수배를 받고 도피생활을 한다.
(9) 아버지의 운전기사인 최기사가 집에 입주를 하게 된다.

18 박성천, 「박완서 대중소설의 서사성 연구」, 『한국문예창작』 21, 한국문예창작학회, 2011, 62~63쪽.
19 허재영, 앞의 글, 94쪽.

(10) 구주현이 잡히게 되자 면회를 간다.

(11) 국세청에서 엄마의 가계장부를 압수해간다.

(12) 아버지의 첩 수남이네가 이사를 가 종적을 감춘다.

(13) 아버지와 어머니의 싸움이 일어난다.

(14) 서재호가 졸업 선물로 가정교사를 제안하지만 거절한다.

(15) 상피相避와 관련해 대고모할머니로부터 충격적 이야기를 듣는다.

(16) 수연이 집에서 쫓겨나 야학을 한다.

(17) 아버지의 첩의 집을 찾아간 엄마가 충격으로 치매 증상을 보인다.

(18) 언니가 불륜을 저지르는데 형부가 친 덫이라는 사실을 알게 된다.

(19) 언니와 형부가 이혼 직전에 이른다.

(20) 수연이 구주현의 고향에 정착한다.

『도시의 흉년』은 쌍둥이 여동생 나(수연)의 시각을 통해 바라본 한 가족의 허위의식과 왜곡된 욕망을 드러내는데 초점이 맞추어져 있다. 1) 부모의 비정상적 부부관계 2) 상피相避적 운명에 대한 두려움 3) 수연의 파국과 성장이라는 세 개의 중심서사를 배경으로 서사가 전개되는데 한 가족을 배경으로 펼쳐지는 허위의식과 왜곡된 성적 욕망이 시간의 흐름에 따라 각기 다른 사건을 매개하고 견인하는 작용을 한다. 세 개의 주主서사는 각각 몇 개의 촉매사건과 연쇄적 관계를 형성하며 이러한 결합은 궁극적으로 허위와 욕망의 세태 고발이라는 상부 층위로 통합된다. 1) 부모의 비정상적 부부관계의 서사는 아버지와 첩을 둘러싼 사건과 어머니와 최기사의 불륜이라는 사건((2), (9), (11), (12), (13), (17)) 등으로 연계되고 2) 상피相避적 운명에 대한 두려움은 할머니 수빈에 대한 애착과 대고모할머니로부터 듣는 가족사의 얽힌 상피 사건((1), (7),

(15), (16)) 등으로 분화되며 3)수연의 파국과 성장은 언니 약혼자 서재호와 성관계를 맺게 되는 사건과 수연이 구주현의 고향에 안착하게 되는 사건((3), (4), (5), (7), (8), (10), (11), (18), (19), (20)) 등으로 이어진다.

이처럼 텍스트는 논리적이고 연대기적인 연쇄라는 서사적 사건에 의해 직조된다. 연쇄적 흐름을 형성하거나 내적인 틀을 결정짓는 것은 특정한 사건에 의해서인데 이를 '핵사건과 주변사건'[20]으로 본다. 『도시의 흉년』에서 드러나는 이러한 양상은 다른 텍스트에서도 동일한 양상으로 반복된다. 특히 결혼과 임신, 비정상적 성관계 등과 같은 특정 사건이나 행위를 매개로 한 경우에 그러한 패턴이 두드러지게 드러나는데 이는 사건의 연계 구조를 텍스트가 상호 모방하고 흡수함으로써 상호텍스트성의 효과를 발현한다고 볼 수 있다.

이렇듯 박완서의 대중소설은 시간의 인접성과 사건의 배열 양식인 '스키마'에 의해 구성된다. 중심사건은 인물의 운명을 좌우하는 논리적이고 연대기적인 연쇄를 넘어 스토리의 뼈대가 되고 그 외의 부차적 사건은 중심사건을 견인하거나 지연시키는 작용을 한다.

스토리는 시퀀스 안에 사건들을 통합적으로 배열하여 첨가와 결합

---

20 핵사건은 사건들에 의해 취해진 방향으로 문제들을 발생시키는 서사적 계기들이다. 그것은 한두 가지 혹은 그 이상의 가능한 길 가운데 어느 한쪽으로 서사적 진전을 이끌어 나가는 분기점, 즉 구조 안의 마디나 관절과도 같은 것이다. (중략) 주변사건은 선택을 수반하지 않으며 다만 핵사건에 의해 만들어진 선택을 완결지을 뿐이다. 그것은 반드시 핵사건들의 존재를 내포하지만 그 역은 성립되지 않는다. 그것의 기능은 핵사건들을 보충하고 다듬고 완성시키는 것이다. 시모어 채트먼, 한용환 역, 『이야기와 담론』, 고려원, 1991, 69~72쪽 참조.

이란 의미 생성의 관계를 조직하고 그렇게 해서 언어 구조 안에서 환유처럼 작용한다.[21] 여기에서 스토리가 내재하고 있는 사건의 연쇄는 독자로 하여금 행위 정보와 다음의 사건을 예측 가능하게 하며 대중소설이라는 카테고리 내에서의 상호텍스트성을 담지하는 기제가 된다.

다음은 『그해 겨울은 따뜻했네』를 사건의 흐름에 따라 분절한 시퀀스이다.

(1) 수지가 두 아들의 싸움에 신경질적인 반응을 보인다.
(2) 수지가 전쟁 중에 오목의 손을 놓아버린다.
(3) 고아원을 나온 오목이 입시반에 취직하고 일환을 만난다.
(4) 수지 졸업식 때 유학생 출신 기욱을 만나게 된다.
(5) 미순네 가정교사가 된 오목이 그 집으로 입적이 된다.
(6) 오목이 인재와 함께 있는 모습에 수지가 질투를 느낀다.
(7) 오목이 미순의 집을 나오고 일환과의 만남이 이어진다.
(8) 오목이 팔삭둥이를 낳고 인재의 아이임이 드러난다.
(9) 오목이 아이를 고아원에 맡겼다 찾아오고 다시 딸을 낳는다.
(10) 일환이 수지집의 보일러를 고치게 된다.
(11) 수지가 오빠 수철에게 오목의 존재를 털어놓는다.
(12) 수지가 모자결연 고아원에 성금을 기탁한다.
(13) 일환이 사우디로 출국하고 오목이 아들을 출산하고 죽는다.

『그해 겨울은 따뜻했네』는 왜곡된 가족관계를 바탕으로 기저에 내

---

21 스티븐 코핸·린다 샤이어스, 임병권·이호 역, 『이야기하기의 이론소설과 영화의 문화 기호학』, 한나래, 1996, 84쪽.

138 스토리의 변주와 서사의 자장

재된 허위와 욕망의 문제에 초점을 둔다. 왜곡된 가족관계와 수지의 허위의식 그리고 오목의 비극적 삶이라는 세 개의 중심 서사를 축으로 서사가 전개되는데 수지와 오목 두 자매의 왜곡된 관계가 시간에 흐름에 따라 다른 사건을 매개하거거나 지연시키는 역할을 수행한다. 이때 주 서사는 몇 개의 촉매사건과 연쇄적 관계를 이루며 궁극적으로 타자에 대한 배제의 부당함과 인간의 추악한 본능을 비판적 시각으로 드러낸다. 1) 왜곡된 가족관계 서사는 수지가 전쟁 중에 오목의 손을 놓아버린 사건과 수지가 오빠 수철에게 오목의 존재를 털어놓는 사건((1), (2), (11)) 등으로 분기되며 2) 수지의 허위의식은 인재와 헤어지고 유학생 출신 기욱과 옛 애인 인재가 오목과 함께 있는 모습에 질투를 느끼는 사건((4), (6), (12))으로 분화되며 3) 고아원 출신으로서의 오목의 삶은 팔삭둥이로 낳은 아이가 다른 남자의 아이로 밝혀지는 사건과 아들을 출산한 뒤 결핵으로 죽게 되는 사건((3), (5), (7), (8), (9), (10), (13))으로 연계된다.

이처럼 『그해 겨울은 따뜻했네』는 왜곡된 가족관계, 임신, 불륜 등과 같은 사건을 매개로 스토리가 전개되는 양상을 보인다. 이때의 스토리는 "시간적, 공간적 인접성에 따른 연쇄순서로 행위와 사건이 배열"[22]되는 '스키마'의 패턴 양상을 보인다. 즉 스토리 내의 사건은 또 다른 사건과 구조적으로 연쇄의 관계를 이루고 통합된다는 것이다.

이처럼 사건의 통합적 구조를 매개로 텍스트 간의 반복과 변형이

---

22 이석규, 앞의 글, 80~81쪽.

무의식적으로 반복되는 것은 극적 효과를 극대화하려는 의도로 볼 수 있다. 극적 사건이나 상황을 통해 갈등국면을 조성하고 스토리선을 보다 역동적으로 구현하려는 장치라는 것이다. 이때에 성적 욕망과 허위의식과 같은 감정은 질시, 배신, 대립 같은 행위로 연계됨으로써 박완서 대중소설의 선-후행 간의 상호텍스트성을 견인한다.

『오만과 몽상』에서도 성적 본능, 임신 등과 같은 특정 사건이나 행위를 매개로 허위의식과 왜곡된 관계를 드러내는 서사적 구조는 반복된다. 그로 인해 독자는 이전의 텍스트에서 반복되는 패턴 즉 '스키마'를 통해 텍스트에서 전개될 사건과 행위 나아가 작가의 서사 전략까지도 조심스럽게 가늠할 수 있다.[23]

이 작품에서 영자는 두 남자를 직접 이어주지 않고 매개적으로 이어주며 두 남자를 모두 파멸로부터 구원해내는 역할을 맡는다. 그로 말미암아 이 작품은 일개 통속극으로부터 벗어나 부조리하고 타락한 세계의 악마적 힘을 그려냄과 동시에 그 구성원들이 그것과 대결하지 않으면 안 된다는 생각이 담긴 뜻 깊은 작품이 될 수 있었다.[24]

텍스트에서 영자는 『그해 겨울은 따뜻했네』의 오목과 동일선상에서 조응되는 인물이다. 두 인물은 각기 허위와 욕망에 물든 삶을 사는

---

23 다음은 영자를 중심으로 텍스트에 드러난 서사의 연쇄 관계를 정리한 것이다.
   (1) 주서사(남상과 영자를 둘러싼 이야기).
   (2) 2차 서사(현과 영자를 둘러싼 이야기. 현의 출생에 얽힌 이야기 삽입적 서사화-삼인칭 작가적 서술과 외부 시점과 인물 시점의 혼합).
   (3) 3차 서사(희생, 헌신, 조력자로서의 영자의 삶), 박성천, 앞의 글, 10~11쪽.
24 방민호, 「불결함에 맞서는 희생제의의 전통성」, 『오만과 몽상』 해설, 세계사, 1994, 449쪽.

언니 수지와 짝사랑 현을 위해 희생함으로써 반성적 깨달음에 이르도록 견인하는 공통점을 지닌다. 마찬가지로 영자와 오목과 동일한 역할을 수행하는 인물로『휘청거리는 오후』의 말희와『도시의 흉년』의 수연을 들 수 있다. 말희는 물질적 욕망과 쾌락에 물든 언니들의 결혼과 달리 가치 지향의 선택을 하게 되고 수연은 쾌락을 매개로 남자와의 관계를 획득하려고 했던 집안의 여자들과 달리 구주현으로 상징되는 건강한 삶을 지향함으로써 회복의 가능성을 제시한다.

4. 인식의 변화와 주체성 견인 '플랜'

박완서의 여성주의소설에 드러난 텍스트의 반복과 변주는 담론적 측면에서 작가의 '플랜'과 긴밀히 맞닿아 있다. '플랜'은 "의도된 목표를 실현하는 사건 및 행위로 구성된 지식 형태"[25]를 뜻하는 것으로 여성의 정체성 찾기와 홀로서기라는 담론을 견인한다. 다시 말해 주체의 자각과 행위는 궁극적으로 가부장적 사회에서 벗어나 새로운 삶을 희구하는 방향으로 귀결된다.

　　박완서의 여성주의 소설은 두 가지의 '자아' 즉 '사회적 자아'와 '여성적 자아'를 찾기 위한 과정이 혼합되어 있다. 즉 숨겨진 자아를 찾는 내향적 체험에서 나아가 외부 세계로 진입하는 사회적 자아로서의 여정

25 허재영, 앞의 글, 94쪽.

을 추구한다는 것이다. 그 과정에서 각각의 주체는 일련의 심리적, 환경적 변화를 경험하게 된다. 즉 자아의 상실, 모순 인식, 실천의지의 구체화, 시련의 예고라는 일련의 양상과 직면하게 되는데 이는 의도된 목표를 실현하기 위한 작가의 치밀한 '플랜'에 따른 것이다.

① 인철은 단박 회심의 미소를 지으며 자신 있게 말했다.

"그래 바로 그거야. 그게 여자의 본분이라는 거야. 여자가 제아무리 날쳐봤댔자 본분을 벗어날 수야 없지. 여자가 아무리 잘난 척해 봤댔자 고작 남자의 손바닥 위에서의 일인 것과 마찬가지 이치지."

이런 인철과는 딴판으로 그 여자는 자기의 속을 열심히 더듬고 들여다보는 것 같은 멍하면서 집중된 시선으로 허공을 보면서 중얼거렸다. (중략) "입 닥치지 못할까. 어디서 남남끼리란 소리를 함부로…"

"입을 닥쳐도 그건 사실인걸요. 남의 어머니한테 효성이 우러난다는 건 거짓말이고요. 그렇지만 효도말고도 사람과 사람 사이엔 얼마든지 아름다운 사랑의 관계가 있을 수 있어요. 축복스럽게도… 남자들이 효도라는 걸로 억압하지만 않았어도 세상의 고부간은 지금보다는 훨씬 좋았을 걸."

그 여자는 혼잣말처럼 중얼거렸다.

(『살아있는 날의 시작』, 182~183쪽.)

② 가뜩이나 작은 집 속에 철민이 화통처럼 내뿜는 분노의 숨결이 가득 차서 질식할 것 같았다. 뒤도 안 돌아보고 집을 벗어나는 연지의 뒤통수에 철민이 저주를 퍼부었다.

"잘한다. 잘해, 화냥년 같으니라구. 직장은 당장 못 그만둬도 결혼은 당장 청산할 수 있다 이거지. 그만하면 나도 다 알아봤다. 이 화냥년아."

(중략) 밤이 깊어지는 속도와 가을이 깊어지는 속도가 함께 느껴져서 그녀의 마음을 시리고 어둡게 했다. 잘난 척하고 집을 나왔대봤자 갈 데라곤 친정밖에 없었다. 결혼과 일 중 서슴지 않고 일을 골라 잡았다면 현대보다 한 세기쯤 앞선 여성이 되겠는데 시집에서 쫓겨나서 친정 문턱을 눈치보는 마음은 이조의 여인과 다름없이 처량하고 소심했다.

(『서있는 여자』, 60쪽.)

③ "…내 나이 겨우 서른다섯이야. 처녀장가들이고 싶어하는 건 보통 어머니의 인지상정이야. 당신은 아무것도 모르고 다된 결혼일 줄 알고 태평으로 있으니 그동안 새중간에서 내 속이 얼마나 탔겠어."

"어머니 핑계 대지 말아요."

그 여자는 혁주로부터 떨어져 앉으면서 메마른 소리로 말했다. (중략) "혁주씨가 안 그래도 내가 얼마나 돌이킬 수 없는 잘못을 저질렀는지 알 것 같아요. 더 분명한 잘못은 남자의 서른다섯을 자신의 배우자에 대해 독자적인 결정권쯤 가질 수 있는 나이라고 생각한 거죠."

(『그대 아직도 꿈꾸고 있는가』, 26~27쪽.)

위의 인용문은 여성 인물이 자아의 상실과 그로 인한 모순을 인식하고 있음을 보여주는 사례들이다. ①에서 청희는 미풍양속으로 전해 내려오는 가부장적 체제가 자아를 억압하고 부정하도록 강제하는 요인이라는 인식에 도달한다. 그녀의 남편 인철은 무조건적인 순종과 숭배를 강요하고 '남자다움'을 신봉하는 남성우월주의자이다. 집안일을 하게 된 옥희라는 여성을 범하고도 그는 "세상에 어느 시러베아들놈이 십년 만에 난봉 한번 핀 걸 갖고 마음으로부터 잘못했다고 뉘우칠까"라고 역성을 낼 정도로 남성우월의식에 사로잡힌 인물이다. 인철과 동일선상에 있는 인물로 인용문 ②의 철민을 들 수 있다. 그는 철저하게 성적 우월 성에 사로잡힌 인물로 남녀 관계란 성적인 지배와 종속 관계에 기반한 다고 생각한다. 결혼과 일 두 가지를 병행해야 하는 연지에게 이러한 종속 관계와 공부에 대한 욕망은 점차 내면을 옥죄는 억압기제로 작용 한다. ③의 문경 또한 가부장적 제도에 의해 억압당하는 전형적인 인물 이다. 단지 이혼녀라는 이유로 그녀는 혁주와의 관계에 있어 종속적 관 계를 강요당한다. 사별을 한 혁주는 자신은 문경과는 차원이 다르다는 인식을 바탕으로 순결 이데올로기를 강요한다. 이러한 과정에서 문경은 자신이 남성중심의 부계사회가 강제하는 희생자라는 사실에 도달한다.

이처럼 여성 인물의 모순적 현실에 대한 인식은 이후 행위의 구체 화로 연계된다. 이러한 변화의 기저에는 자각과 행동을 견인하는 정보 가 텍스트에 효과적으로 배치되어 있음을 의미한다. 다음의 인용문들을 보자.

① 그 여자가 드디어 집을 나왔다. 속초행 두장.
그 여자는 한 장표 값을 매표구에 내밀고 그렇게 말했다. 매표원이 돈과 그 여자를 번갈아 쳐다보자, 그 여자는 아니, 아니 한 장이면 돼요, 하고 정정하고 나서 어설프게 실소했다. 그 여자의 앞모습과 뒷모습은 판 이했다. 군살이 붙지 않은 우아하고도 간결한 선과 자신 있고 경쾌한 걸 음걸이로 하여 디에서 본 그 여자는 스무 살을 갓 넘어선 것처럼 싱싱해 보였다. 그러나 그 여자의 앞모습엔 분명하고도 멀지 않은 노추의 예감이 저녁놀처럼 서려 있었다. (중략) 그 여자는 돌아갈 집이 있고 만일 남편이

그동안 변심해서 그 집을 주지 않겠다고 하더라도 열심히 벌면 집을 새로 장만할 능력도 있었다. 그러나 그 여자가 지금 나온 걸 실감하는 집은 그 렇게 돌아갈 수 있거나 장만할 수 있는 집이 아니라 미풍양속이라는 여자 들만의 고가였다.   (『살아있는 날의 시작』, 362~363쪽.)

② 그녀는 천천히 텃밭을 헤집고 아스팔트 길로 나왔다. 지린내와 깻잎냄 새가 섞인 밤바람이 그런대로 상쾌했다. 속이 텅 빈 것처럼 머리도 가뿐 했다.

　　나는 내가 잘못을 저지르기 시작한 때를 굳이 거슬러 올라가지 않을 테다. 그리고 어떤 핑계도 대지 않을 테다. (중략) 그녀는 노란 장미꽃 다 발을 왼손으로 옮겨 쥐고 오른손으로 열쇠 구멍에 키를 꽂았다. 찰칵 하 는 금속성은 언제 들어도 가슴이 울렁거릴 만큼 좋았다. 그녀는 문을 열 고 안으로 들어섰다. 유리창은 꼭 닫힌 채였지만 집안의 공기는 싱그럽고 도 감미로웠다. 그녀는 그게 자유로움의 냄새라는 걸 알고 있었다.

　　　　　　　　　　　　　　　　　(『서 있는 여자』, 344~345쪽.)

③ 그 여자는 비로소 울음을 터뜨리며 임선생의 가슴에 얼굴을 묻었다. 임선생도 눈시울을 붉힌 채 그 여자의 울음이 절로 그치질 기다렸다. 사 표를 내고 퇴직금을 받아든 문경이는 다시 명랑해졌다. 7백만원이 넘는 액수였다. 저축도 좀 있어서 출산비용 하고도 2년은 먹고 살 수 있는 목돈 이 수중에 있었다. 생후 2년 동안은 아이도 한참 손이 갈 시기이니 목돈을 곶감 꼬치 빼먹듯이 빼먹으면서 온갖 시름 다 잊고 아이 기르는 일에만 전념할 작정이었다. 다 까먹고 난 후의 걱정은 그때 가서 해도 늦을 건 없다는 배짱 같은 게 생겼다. 궁하면 통하게 돼 있다던가 산 입에 거미줄 치랴는 말이 크게 힘이 되기도 했다.

　　　　　　　　　　　　　　　　(『그대 아직도 꿈꾸고 있는가』, 83쪽.)

인용문은 각기 가부장적 세계로 상징되는 남자라는 울타리에서 벗어나 외부 세계로 진입하는 청희, 연지, 문경의 홀로서기를 보여준다. 각각의 예문에는 의도된 목표, 즉 주체의 행위를 예고하는 정보들이 드러나 있다. ①의 '속초행', ②의 '소지품을 챙겼다', ③의 '사표를 내고'는 인물의 행위를 구체적으로 보여주는 단서로 향후 전개될 스토리 세계에 대한 국면을 예고한다. 또한 ①의 '미풍양식으로 상징되는 고가', ②의 '노란 장미꽃', ③의 '자유로움의 냄새'는 남성주의 세계와의 결별과 여성의 홀로서기를 견인하기 위한 상징적 장치임을 알 수 있다.

그러나 한편으로 여성 인물의 주체적인 욕망은 홀로서기만을 상정하지 않는다. 그것은 '공적 영역'으로의 진입을 감행해야 하며 사회구조가 주는 불안을 극복해야 한다는 의미를 담고 있다.

공적 영역과 사적 영역이 남성과 여성의 영역으로 이분화되어 있는 사회구조 속에서 자신에게 배정되어 있는 사적 영역을 나와 공적 영역으로 진입하는 여성은 극도의 긴장감과 불안을 느낄 수밖에 없다.[26] 이들 여성 앞에 놓인 것은 성적 불평등과 가부장적 질서라는 남성으로 기호화되는 문화와 관습이다. 이 같은 남성 지배문화는 여성에 대한 차별을 정당화하고 강제하는 억압의 기제를 확대 재생산한다.

이와 같이 박완서의 여성주의 소설은 가부장적 가정과 남성 중심적 세계에서 벗어나 홀로서기를 감행하는 여성인물들의 행위가 직간접적으로 영향관계에 놓여 있음을 보여준다. 시어머니와의 수직적 관계, 남

---

26 고은미, 「여성소설의 어제와 오늘」, 『여성문학의 이해』, 태학사, 2007, 267쪽.

편과의 불화, 억압기제는 변형과 차이를 통해 반복된다. 이는 작가적 이데올로기를 실현하기 위해 텍스트의 정보를 효율적으로 배치하기 위한 전략에서 비롯된 것으로 보인다. 다시 말해 작가의 이데올로기가 정교한 플랜에 의해 작동됨으로써 박완서의 페미니즘소설은 상호텍스트성이라는 네트워크에 수렴되는 결과를 견인한다.

5. 나오며

살펴본 대로 박완서의 장편소설은 상호텍스트성이라는 거대한 '네트워크'에 의해 직조되어 있음을 알 수 있다. 자전적 소설, 대중소설, 여성주의 소설은 각기 텍스트 상황과 원체험의 '프레임'화, 스토리선의 계열화와 통합적 구조, 인식의 변화와 주체성 견인이라는 담론적 측면에서 상호텍스트성의 관계를 이룬다.

자전적 소설에 나타나는 상호텍스트성은 오빠의 죽음과 밀접한 관계에 놓여 있다. '변형'과 '차이'에 의한 반복은 그만큼 오빠의 죽음이 트라우마 기제로 작용한다는 것으로 전쟁 당시의 절망적 상황이 고정적인 프레임으로 설정되어 있음을 의미한다. 특히 오빠의 죽음을 둘러싼 정보의 변형은 텍스트 생산과 수용을 고려한 작가의 서사 전략으로 개개의 텍스트는 하나의 과정이자 텍스트성을 구현하는 의미화 관계에 놓여 있다는 사실을 보여준다.

대중소설에 있어서는 성관계, 결혼, 임신 등과 같은 특정 사건이나 행위가 인과적 네트워크에 의해 수렴된다. 내적 형식으로서의 사건의 연쇄는 텍스트의 변형과 흡수에 의해 구조화되는데 이때의 중심사건은 인물의 욕망과 맞물려 스토리를 역동적으로 이끌 뿐 아니라 허위의식을 드러나게 하는 기제가 된다. 그 외의 부차적 사건은 중심사건을 견인, 지연, 분기시킴으로써 욕망의 세태 고발이라는 작가적 담론을 구체화하는 방략으로 작용한다.

여성주의 소설은 가부장적 체제의 가정과 남성 중심적 사고의 세계에서 벗어나 홀로서기를 감행하는 여성에 초점이 맞추어져 있다. 시어머니와의 관계, 남편과의 불화, 억압 등은 변형과 차이를 통해 반복되는데, 이 같은 양상은 주체성의 상실, 모순 인식, 실천의지의 구체화, 시련의 예고라는 일련의 과정에 의해 전개되는데 이는 의도된 목표를 실현하기 위한 작가의 치밀한 '플랜'에 의해 따른 것이라고 볼 수 있다.

이와 같이 본고는 박완서의 장편소설이 내재하고 있는 상호텍스트성을 살펴보았다. 변형과 차이를 통해 반복되는 텍스트의 인과적 네트워크는 궁극적으로 독자와의 공유를 추구하는 작가의 전략에서 비롯된 것임을 알 수 있었다. 그로인해 텍스트는 하나의 과정이자 의미화의 관계를 내재하는 삶으로 귀결된다.

제6장

이태준 소설 「달밤」의 서술 전략

1. 들어가며

주지하다시피 이태준은 소설의 형식과 언어의 미적 구현에 남다른 성과
를 일궈낸 작가이다. 그의 소설은 기본적으로 식민지의 암울한 현실을
반영함에 있어 직접적인 비판보다는 미학적 측면에서 우회적인 전략을
구사했다는 데에 특징이 있다.[1] 이는 인물과 구성, 예술적 지향성이 당

---

1 이태준 문학의 특성을 미학적 기법의 측면에서 연구한 글로는 다음과 같은 논문
이 있다.
강진호, 「이태준 연구」, 고려대 석사학위 논문, 1987.
김현숙, 「이태준 소설의 기호론적 연구」, 이화여대 박사학위 논문, 1991.
안남연, 「이태준 장편 소설 연구」, 한국외대 박사학위 논문, 1993.
이명희, 「이태준 문학 연구」, 숙명여대 박사학위 논문, 1993.
이병렬, 「이태준 소설의 창작 기법 연구」, 숭실대 박사학위 논문, 1993.
이익성, 「상허 단편소설 연구」, 서울대 석사학위 논문, 1987.

대의 여타의 작가들과 일정부분 변별되는 것으로 소설 창작에 있어 '우회적 전략'을 주요한 원리로 삼았다는 것을 의미한다.

1930년대 대표적인 모더니즘 작가로 이태준, 박태원, 이상을 꼽는다. 이들 가운데 특히 후한 점수를 받아야 할 작가가 이태준이다. 박태원이나 이상이 파격적인 형식 실험에만 매몰된 채 당대의 일제 강점기 상황에 대한 '현재 의식'을 드러내지 못한 것과는 달리 이태준은 서사적 긴장의 고리를 놓지 않고 있다는 점에서 그들과는 상대적인 차별성을 보여주고 있기 때문이다.[2]

여기에서 '서사적 긴장의 고리'란 다분히 이야기 층위에 있어서 텍스트의 내적인 구성원리가 정치하게 이루어지고 있다는 것을 의미한다. 이른바 이태준에게 주어진 명칭, '스타일리스트',[3] '순수문학의 기수'라는 평가는 일정부분 그의 독특한 문장과 의고적인 사상을 가리키기도 하지만 한편으로는 그러한 작가 인식의 단면을 투영하고 있는 서술적 측면과도 일정한 함수관계를 지닌다고 볼 수 있다.

이태준은 이제까지의 통시적 문학사류에서 '문장가', '의고주의자', '역사부재·사상빈곤의 문학', '순수문학' 등 범박한 의미에서의 형식주의

정현숙, 「예술가 의식과 사회의식-이태준 「장마」를 중심으로」, 『어문학보』 17 집, 강원대 국어교육과, 1994.
2 공종구, 「이태준 초기소설의 서사지평 분석」, 『先淸語文』 23집, 서울대학교 국어교육과, 1995, 381쪽.
3 김기림은 「스타일리스트 李泰俊氏를 論함」이라는 글에서 "그는 대상을 지적으로 이해하려고 하기 전에 그의 纖細한 감성에 의하야 파악"함으로써 스타일리스트에 속한다고 했다. 김기림, 「스타일리스트 李泰俊氏를 論함」, 『조선일보』, 1933, 6. 25~1993, 6. 27, 이명희, 「李泰俊 소설의 技法과 構成法」, 『어문논집』 4, 숙명여대 한국어문학연구, 1994. 8, 307~308쪽 참조.

자로 규정되어 왔다. 범박한 의미에서의 형식주의자로 이태준의 작가적 표지를 규정하고 있는 기존의 일반적 규정들은 상당한 근거와 설득력을 지니고 있다. 그러나 그러한 일반적 규정들이 이태준 전체 소설체계를 포섭하고 있다고는 할 수 없다.[4]

그것은 일정 부분 이태준 작품의 내재적 특질과 서술적 측면에서의 전략을 간과한 것에서 비롯된 측면으로 보인다. 텍스트의 내재적인 관계와 텍스트 내에서 작용하는 주요한 문법적 기능을 자세히 논구해보면 작가의 정신이 시대 상황과 밀접하게 결합되어 서사의 긴장과 미의식의 발현이라는 측면으로 확장되고 있음을 발견하게 된다.

「달밤」은 이태준 문학의 특질이 잘 구현된 작품으로 예술적 지향성과 현실 비판의식이 융화된 소설이다. 기층 민중을 바라보는 작가의 태도와 시대상황을 바라보는 통찰력이 여타의 작품의 규준이 될 만큼 작가의 이데올로기가 잘 반영되어 있다. 수잔 스나이더 랜서는 『시점의 시학』에서 '존 구드가 주장하는 했던 것처럼 "시점은 정확히는 이데올로기 그 자체에 대한 텍스트의 관계를 조정하는 것"[5]이라는 진술을 피력한다. 여기에서 시점은 크게 두 가지 뜻으로 양분되는 바, 첫째 '무엇인가가 관찰되거나 고찰되는 위치, 다시 말해 입각점'을 의미하며 또 다른 하나는 '사물을 바라보는 방식, 즉 태도'를 일컫는다.

「달밤」에서는 이 두 요소, 다시 말해 '관찰되는 위치'와 '사물을 바라보는 방식'이 화자에 의해 적절하게 통제되어 구현되고 있다. 물론

---

4 공종구, 앞의 논문, 382쪽.
5 수잔 스나이더 랜서, 김형민 역, 『시점의 시학』, 좋은날, 1998, 20쪽.

이러한 양상은 다수의 논자들이 지적한 서사적 특징과 유사한 면이 없지 않으나 본고에서는 좀 더 세밀하게 서사 상황에 따른 시퀀스 분석을 통해 양상을 파악해보고자 한다. 이는 특정한 상황에서 화자가 취하고 있는 '입각점' 내지는 '태도'가 다분히 "텍스트가 화자, 인물, 텍스트 내의 사건, 작가 그리고 청중들 사이에서 창조하는 심리적 이데올로기적 관계"⁶를 드러낸다는 전제를 함의한다.

「달밤」의 인물에 대한 연민을 드러내는 또 다른 방식은 주요 사건과 부수적 사건이 서사적 진로에 따라 분기된다는 점을 들 수 있다. 즉 서술자가 서사를 핵사건과 주변사건⁷으로 병립시켜 진술하는 방식을 택함으로써 독자들로 하여금 텍스트의 참여를 적극적으로 유도하고 있다는 점이다. 물론 독자의 참여는 핵사건이 분기되는 지점에서 가능하며 때에 따라서는 주변사건으로의 상상력의 '개입'을 통해서도 달성된다. 이는 「달밤」에서의 핵사건과 주변사건의 관계는 화자의 '입각점' 내지는 '태도'와도 연계된다는 것을 상정한다.

마지막으로 연민을 드러내는 방편으로 반복적으로 구사되고 있는 아이러니를 들 수 있다. 많은 논자들은 「달밤」에는 아이러니가 텍스트

---

6 수잔 스나이더 랜서, 앞의 책, 22쪽.
7 시모어 채트먼, 한용환 역, 『이야기와 담론』, 고려원, 1991, 69~72쪽 참조. 핵사건은 사건들에 의해 취해진 방향으로 문제들을 발생시키는 서사적 계기들이다. 그것은 한두 가지 (혹은 그 이상의) 가능한 길 가운데 어느 한쪽으로 서사적 진전을 이끌어 나가는 분기점, 즉 구조 안의 마디나 관절과도 같은 것이다.… 주변사건은 제거될 경우 그 서사물이 미학적으로 빈약해질지라도 플롯의 논리를 혼란시키지 않는다. 주변사건은 선택을 수반하지 않으며, 다만 핵사건에 의해 만들어진 선택을 완결지을 뿐이다.

전반에 걸쳐 서술 전략으로 작동하고 있다는 사실에 동의한다. 그러나 여기에서 주목해야 할 점은 아니러니 자체보다도 반복적인 패턴에 의해 구사되는 방식이 작가의 이데올로기 전달 방식과 시대 상황과 어떠한 상관 관계를 갖느냐라는 점이다.

따라서 본고에서는 기존의 논자들이 제기하였던 내용을 바탕으로 현재적 관점에서 서술적 특징의 의미를 확장, 재해석하고자 한다. 특히 반복적인 패턴을 통해 도모되고 있는 서술 방식이 어떠한 기능을 담지하며 또한 기법적 측면에서 어떠한 효과를 창출하고 있는지를 밝히고자 한다. 이를 통해 「달밤」이 내재하고 있는 의미망을 조망하고 이태준 문학의 미학을 가늠하고자 한다.

2. 시점의 변화에 의한 서술 수준 통제

「달밤」은 일제 강점기 서울 문안을 배경으로 화자인 나의 눈에 비친 신문 배달원 황수건에 관한 이야기를 다룬 작품이다. 황수건은 바보스러운 행실로 신문 배달원에서도 쫓겨나고 이혼까지 당한 인물이다. 화자는 그를 위해 장사를 하도록 도움을 주지만 얼마 지나지 않아 황수건은 실패를 하고 잠적하게 된다.

「달밤」은 극단적인 사건이나 불가해한 운명을 다룬 소설이 아님에도 독자들에게 독특한 정서를 환기시키는 소설이다. 특별한 소재를 다루어서가 아니라 일상을 바라보는 작가의 시각이 독특한 관점으로 구체화되었다는 의미로 '무엇'을 서술하는가보다는 '어떻게' 서술하는가에 방점이 놓여 있다는 것을 뜻한다. 이는 다분히 후기구조주의자들의 견해, 즉 독자와 텍스트의 관계를 상기시킬 뿐 아니라 이태준 소설의 미적 특질을 가늠해볼 수 있는 단초를 제공한다. 다음은 「달밤」을 시간의 흐름에 따라 몇 단계의 시퀀스로 분절한 경우이다.

(1) 황수건과의 만남
    ① 화자와 황수건과의 첫 만남이 이루어진다. 생김새에 대한 서술(저녁)
    ② 두 번째 대면도 늦은 시간에 이루어진다.
                                          자신의 이름에 대한 일화 소개(저녁)

(2) 황수건의 과거의 삶과 현재
    ① 황수건이 원배달이 되고 사흘째 되는 날, 다른 배달원이 나타난다.(저녁)
    ② 황수건에 대한 우스운 일화가 소개된다.
                                  스토리 시간은 과거, 서술 시간은 현재(저녁)

(3) 황수건과의 재회
    ① 화자는 다시 나타난 황수건을 만난다.(저녁)
    ② 황수건으로부터 지난 이야기(일화)를 듣고 장사를 하라며 삼원을 건넨다.

(4) 황수건과의 또다시 재회
    ① 황수건이 화자에게 참외를 주고 간다.(저녁)
    ② 화자가 황수건에 대한 사정을 알게 된다.

(5) 황수건과의 마지막 만남과 이별
   ① 성북동 길 위에서 마주쳤지만 서로 모른 체 한다.(저녁)
   ② 황수건은 달만 쳐다보며 노래를 부르며 지나간다.(저녁)

텍스트에서 화자와 황수건의 만남은 모두 다섯 차례에 걸쳐 이루어진다. 물론 이것은 텍스트상에 확연하게 드러나고 있는 사실만을 상정했을 때의 이야기다. 모든 만남을 통해 서사가 전개되고 사건에 대한 화자의 입장이 드러난다. 이들의 만남은 공교롭게도 '밤'이라는 시간대에 한정되어 있다. 이는 '달밤'이 상징하고 있는 의미와 무관치 않다는 것인데, 철저하게 작가의 의도가 개입되어 있다는 것을 의미한다. 그러나 여기에도 미묘한 차이가 존재함을 알 수 있는데 그것은 '밤'과 '달밤'이 상정하고 있는 의미가 화자의 언술과 밀접하게 결합되어 표면화되고 있다는 점이다.

'밤'은 무엇보다 시각에 제한을 준다. 대상이나 사물을 있는 그대로 보여주는 것보다 시각적인 통제를 가함으로써 피화자나 독자로 하여금 텍스트로의 '개입'의 여지를 준다는 것이다. 즉 통제는 독자로 하여금 상상의 여지를 제공한다는 것이다. 물론 이러한 의도는 황수건 개인뿐만 아니라 주인물을 둘러싸고 있는 역사적 배경, 다시 말해 식민지 상황의 암울한 현실을 반영한다. 이는 텍스트가 한정된 내에서만 생성되는 것이 아니라 외부와의 상호 연관성에 의해 의미가 도출된다는 후기구조주의자들의 입장과도 맥락을 같이 한다.

그렇다면 구체적으로 '밤'을 배경으로 전개되는 서사에서 화자의 시점이 어떻게 변화되고 있는지를 살펴보자. 여기에서 화자의 시선과 함께 '태도'와 '입각점' 또한 자연스럽게 변화하고 있다는 사실을 알게 된다. (1)의 ①과 ②가 황수건과의 만남을 다룬 현재적 상황이라면 (2)는 황수건의 과거의 삶과 현재의 모습을 혼합해서 보여주지만 (3)에서 화자의 시선은 다분히 황수건의 외양과 행동을 관찰하는 입장에 머물러 있다. 동시에 (1), (2), (3)의 시간적 배경은 모두 '밤'이다. (1)의 ①과 ② 그리고 (2)의 ①은 황수건을 처음 만나게 되었을 때, 그리고 타인을 통해 듣게 된 황수건에 대한 정보를 있는 그대로 보여준다. 화자의 눈에 비친 그리고 듣게 된 황수건은 '못난이', '합비'로 대변된다.

> 시울이라고 못난이가 없을 리아 없겠지만 못난이들이 거리에 나와 행세를 하지 못하고, 시골에선 아무리 못난이라도 마음 놓고 다니는 때문인지, 못난이는 시골에만 있는 것처럼 흔히 시골에선 잘 눈에 띄인다. 그리고 또 흔히 그는 태고때 사람들처럼 그 우둔하면서도 천진스런 눈을 가지고, 자기 동리에 처음 들어서는 손에게 가장 순박한 시골의 정취를 돌아주는 것이다. (「달밤」, 『달밤』, 깊은샘, 1995, 255쪽. 이하 쪽수만 표기.)

> 하 말이 황당스로 유심히 그의 생김을 내다보니 눈에 얼른 두드러지는 것이 빡빡 깎은 머리로되 보통 크다는 정도 이상으로 골이 크다. 그런데다 옆으로 보니 장구대가리다. (256쪽.)

위의 인용문 첫 번째와 두 번째는 화자의 인물을 드러내는 방식을 단적으로 보여주는 사례다. 글의 전개상 첫 번째가 두 번째의 원인에 해당하며 예고의 성격을 지닌다. 서울에도 시골 못지않은 못난이가 존재할 거라는 서술을 통해 독자로 하여금 이후에 등장하는 인물에 대한 정보가 다분히 '못난이'에 초점이 맞추어질 거라는 예상을 갖게 한다. 단지 시골의 못난이는 "자기 동리에 처음 들어서는 손에게 가장 순박한 시골의 정취를 돋아주는 것"이라고 한정을 함으로써 도시에 거주하는 못난이와의 차별성을 부각시키고 있다. 그러나 이후에 등장하는 도시 못난이 황수건의 외양은 시골 못난이와 구별이 되지 않을 만큼 거의 흡사한 수준이다. "빡빡 깎은 머리로되 보통 크다는 정도 이상으로 골이 큰" 외양은 못난이라는 인물이 시골과 도시라는 거주 지역에 관계없이 하나의 보편적인 소외 계층을 대변하는 캐릭터로 그려지고 있다는 사실을 암시한다. 여기서 특정 인물에 대한 희화화는 그 인물을 태동시킨 시대와 주변의 서사적 상황이 기제로 작용하고 있다는 것을 상정한다.

텍스트에서 화자는 철저하게 인물과 거리를 두고 정보를 제공한다. 이는 다수의 논자들이 지적하고 있는 바 대로 화자가 관찰자적인 태도를 취함으로써 나름의 객관성을 확보하려는 의도로 보인다.[8] 물론 이 같은 양상은 슈탄젤이 『소설의 이론』에서 언급한 외부 시점에 관한 견해와 동일한 것으로 서술된 세계에 대한 지각 내지는 재현된 관점이 주요 인물 밖이나 사건의 외부에 위치해 있을 때 드러나는 효과를 상정한 전략으로 풀이된다.[9]

---

8 이병렬, 「이태준 소설의 창작기법 연구」, 숭실대학교 박사논문, 1993, 89쪽. 이병렬은 이태준의 단편 중 평자들에 의해 빈번하게 연구의 대상이 되는 주요 작품들, 그리고 그 작품성을 인정받고 있는 작품들은 모두 이러한 객관적 서술태도를 취하고 있다고 본다. 객관적 서술태도를 통해 독자의 상상력을 자극하고 나아가 인물을 선명하게 성격화시켜 놓았기 때문이라는 것이다.
9 프란츠 칼 슈탄젤, 『소설의 이론』, 김정신 역, 문학과비평사, 170~171쪽 참조. 내부 시점은 서술된 세계가 지각되거나 재현된 관점이 주요 인물 또는 사건의

이 같은 외부 시점에 의한 보여주기는 황수건이라는 인물의 현재의 상황뿐 아니라 과거의 정보를 드러내는 방편으로도 그리고 이후에 전개될 상황까지도 상정한 기법으로 차용되었다는 것을 짐작케 한다. 시퀀스(1)의 ①, ②가 전자의 경우라면 (2)의 ②는 후자에 해당한다. 물론 (2)는 현재(①)와 과거(②)가 중첩되어 있는 경우이지만 이전의 상황을 드러내는 양상에 있어 '보여주기' 이상이 동원되지는 않는다.

> 헌데 황수건은 그의 말대로 노랑수건이라면 온 동네에서 유명은 하였다. 노랑수건하면 누구나 성북동에서 오래 산 사람이면 먼저 웃고 대답하는 것을 나는 차츰 알았다.
> 내가 잠깐씩 며칠 보기에도 그랬거니와 그에겐 우스운 일화도 한두 가지가 아니었다. (중략) 한번은 도 학무국에서 시학관이 나온 것을 이 따위로 대접하였다. 일본말은 못하니까 만담은 할 수 없고 마주 앉아서 자꾸 일본말을 연습하였다.
> "센세이 히, 오하요 고사이마쓰까…… 히히 아메가 후리마쓰. 유끼가 후리마쓰까 히히……"　　　　　　　　　　　　　　　　　　　(260～261쪽.)

물론 위의 예문이 전통적인 '보여주기'에 의한 묘사의 방식은 아니지만 황수건이라는 인물의 과거를 단적으로 '보여주는' 사례인 것만은 분명하다. 인용문의 앞부분은 요약에 해당하고 뒷부분은 장면 제시로

핵심 내부에 위채해 있을 때 우세하다 …… 외부 시점은 서술된 세계가 지각되거나 재현된 관점이 주요 인물 밖 또는 사건의 외부에 위치해 있을 때 우세하다. 작가적 서술 상황으로 쓰여진 소설과 주변적 일인칭 서술자가 나오는 소설이 여기 속한다.

볼 수 있다. 이러한 서술은 독자의 흥미와 예술적 성취 그리고 간결과 변화의 효과를 동시에 견인하려는 다목적 포석으로 풀이된다. 다시 말해 화자의 시점을 외부로 향하게 하고 대상과는 일정한 거리를 유지하게 함으로써 그 틈을 독자의 몫으로 남겨두려는 작가의 의도라는 것이다.

그러나 외부로 향해 있던 화자의 시점이 텍스트 전반에 걸쳐 일관되게 유지되는 건 아니다. 「달밤」의 미적 특질이 발현되는 건 바로 이 지점이다. 시점의 변화는 화자의 인식이 직접적으로 노출되었다는 것, 작가의 관점이 투영되었음을 뜻하는데 텍스트 후반부로 갈수록 그와 같은 양상이 두드러지게 드러난다.

어떤 텍스트도 그 발화자나 세계관으로부터 고립되어 있지 않기 때문에 시점은 진리의 문제와 "개성"의 문제에 깊이 관련되어 있다. 텍스트적 의미는 얼마간 서술하는 특정 개인과 창조된 세계 사이의 상호작용의 함수이다.[10]

화자의 시점이 대상에 대한 뚜렷한 관점으로 드러나는 건 시퀀스 (4), (5)에서이다. (1), (2), (3)이 황수건의 외양과 과거, 그리고 현재의 모습에 초점이 맞추어져 있다면 (4), (5)는 황수건의 현재와 이후의 시간에 대한 화자의 태도가 비교적 선명하게 드러나 있다. 전자가 주로 보이는 대상을 그대로 전달하는 관찰자의 입장이라면 후자는 보였던 사실에 대한 평가와 가치를 반영하고 지지하는 기능을 수행한다. 이는 랜서가 『시점의 시학』에서 지적한 대로 "시점은 서술하는 주체와 재현된 세계

---

10 수잔 스나이더 랜서, 앞의 책, 61쪽.

사이의 사회적 미학적 관계를 구조화할 뿐 아니라, 작가와 청중 사이의 문학적 상관관계를 표현한다."라는 의미와 맥을 같이 한다. 다음의 인용문을 살펴보자.

(3)-a 나는 그날 그에게 돈 삼 원을 주었다. 그의 말대로 삼산학교 앞에 가서 삐젓이 참외 장사라도 해 보라고. 그리고 돈은 남지 못하면 돌려오지 않아도 좋다 하였다. 그는 돈 삼 원에 덩실덩실 춤을 추다시피 뛰어나갔다. (264쪽.)

(4)-b 나는 그 다섯 송이의 포도를 탁자 위에 놓고 오래 바라보며 아껴 먹었다. 그의 은근한 순정의 열매를 먹듯 한 알을 가지고도 오래 입안에 굴려 보며 먹었다. (265쪽.)

(5)-c 아는 체 하려다 그가 나를 보면 무안해할 일이 있는 것을 생각하고, 휙 길 아래로 내려서 나무 그늘에 몸을 감추었다.
그는 길은 보지도 않고 달만 쳐다보며, 노래는 이 이상은 외우지도 못하는 듯 첫 줄 한 줄만 되풀이하면서 전에는 본 적이 없었는데 담배를 다 퍽퍽 빨면서 지나갔다. 달밤은 그에게도 유감한 듯하였다. (265쪽.)

위의 인용문들은 이전의 상황에서 시종일관 냉철한 태도를 견지하던 화자의 심리가 일정 부분 변하고 있다는 사실을 보여준다. 이전의 상황에서 화자는 황수건의 행동에 대해 간섭하거나 비판하는 것과 같은 특정한 스탠스를 취하지 않았지만 인용문의 상황은 그와는 반대의 입장임을 드러내고 있다. 화자 자신의 관점을 일정 부분 투영함으로써 관찰 대상과 독자와의 거리를 좁히는 효과를 낳게 하고 있다는 것이다. 이른바 '미적 거리'에 대한 의도적인 단축을 꾀하고 있다는 의미이다.

미적 거리Aesthetic distance는 작가나 화자가 대상을 객관적 위치에서 바라볼 때 더욱 멀어지게 되며 이때 독자는 작가(화자)가 묘사하는 혹은 서술하는 대상을 신임하게 되어 작품의 긴장도는 상승하게 된다.[11]

화자의 외부에서 내부로의 관점의 전이는 '거리'에 변화를 주고자 하는 작가적 담론에서 기인한다. 위의 인용문은 점차 그 거리가 좁혀지고 있다는 사실을 보여준다. (3-a), (4-b), (5-c)로 갈수록 화자와 대상, 화자와 독자의 거리가 좁혀지면서 긴장도가 상승한다. 동시에 화자의 목소리 또한 황수건과 그를 둘러싼 사건에 따라 점차 일정한 담론을 형성하는 방향으로 집약되고 있음을 알 수 있다. 이는 결과적으로 텍스트의 대상과 사건을 바라보는 시점이 작가와 독자의 소통 차원의 문제로 이해되고 확장된다는 사실로 귀결되기 때문이다. 이러한 시점의 변화에 의한 서술수준의 통제는 사건을 조율하는 서사적 측면과 연계된다. 독자의 개입의 여지가 사건의 분기점에서 확대될 수 있기 때문이다.

3. 핵사건과 주변사건의 병립

주지하다시피 「달밤」은 일인칭 화자가 바보 황수건이라는 인물에 대한 이야기를 있는 그대로 '보여주는' 소설이다. 외견상 지극히 단조로운 이

---

11 장영우, 『이태준 소설연구』, 태학사, 1996, 92쪽.

야기지만 내부적으로 들여다보면 단편소설이 갖추고 있는 미덕, 이를 테면 긴장된 구조와 사건의 정연한 결합 그리고 담론에 의해 견인되는 주제의식 등이 치밀한 서술 전략에 의해 직조화 되었다는 것을 알 수 있다. 무엇보다 시골과 도시의 대립되는 정서와 이미지를 주요한 사건과 주변사건으로 연계하여 텍스트화함으로써 저변에 자리하고 있는 당대의 문제뿐 아니라 시대를 초월하여 내재하고 있는 기층민중에 대한 문제를 제기하고 있다는 것을 알 수 있다.

이태준의 초기 단편들은 다른 시기의 작품들에 비하여 현실에 대한 관심을 직접적으로 보여주고 있다. 식민지 모순의 가장 첨예한 희생자였던 이농민이나 하층민들 혹은 민족교육의 이상을 좌절시키는 식민지 통치세력의 억압적 장치, 그리고 민족적 현실을 망각하고 개인적 안위에 몰두하는 이기적인 지식인들의 모습들을 주요하게 포착함으로써 현실에 대한 관심을 표현하게 된다.[12]

그러나 이와 같은 이태준의 인식이 텍스트에서 극적인 사건과 충격적인 결말로 연계되지는 않는다. 단지 황수건을 둘러싼 주요한 사건과 이를 뒷받침하는 부수적인 사건을 병립하여 제시함으로써 당대의 현실과 기층민에 대한 애정을 드러내고 있는 것이다.

마르크스와 관련한 서술 연구자인 제임슨은 그의 저서 『정치적 무의식: 사회적인 상징활동으로서 저술』에서 서술은 "인식론적인 범주"이며 "사회적인 상징활동"으로서 계급투쟁에 대한 상상적 반응이라고 말

---

12 송인화, 『이태준 문학의 근대성』, 국학자료원, 2003, 80쪽.

한다.[13] 이는 서술 전략이 다분히 현실의 모순을 적극적으로 타개하기 위한 '상상적 반응'의 일환이라는 의미를 지닌다. 「달밤」에서 이태준의 '사회적인 상징활동으로서의 상상적 반응'은 당연히 치밀한 구성에 의한 사건의 배열을 들 수 있다. 특히 황수건의 과거의 삶과 현재의 모습을 다루고 있는 시퀀스(2)와 황수건과의 재회와 이후의 상황을 다루고 있는 시퀀스(3)에서 이와 같은 양상이 두드러지게 나타나고 있다.

텍스트에서 핵사건은 크게 두 가지로 나눌 수 있다. 하나는 <u>황수건이 타의에 의해 신문 배달원을 그만두게 되었다는 것</u>과 또 하나는 <u>신문 배달원 자리를 박탈당하고 잠적한 황수건이 다시 나타났다는 사실</u>이 그것이다. 자연스레 핵심 사건인 황수건의 실직과 잠적은 나머지의 사건을 분기시키고 역으로 수렴화의 단초가 된다. 물론 여기에서 주변사건의 기능은 "핵사건들을 보충하고 다듬고 완성시키는"[14] 부수적인 역할에 머문다.

두 개의 핵사건이 분화되고 수렴되는 과정은 이태준의 서술 전략과 긴밀히 맞닿아 있고 무엇보다 이 같은 과정은 작가적 담론에 의해 지배를 받는다. 다음은 「달밤」의 핵사건과 주변사건의 관계를 예시한다.

첫 번째의 핵사건(a) − 황수건이 신문 배달원직을 박탈당한다.
두 번째의 핵사건(b) − 잠적했던 황수건이 다시 나타난다.

---

13 김종갑, 「서술이론과 문학연구」, 『서술이론과 문학비평』, 서울대학교 출판부, 1999, 25쪽.
14 시모어 채트먼, 앞의 책, 70쪽.

위의 예시에서 보듯 핵사건은 시퀀스 (2)와 (3)에서 황수건의 과거와 현재를 논리적으로 연계하고 지지하는 갈등국면에 해당한다. 또한 핵사건(a)와 핵사건(b)는 반드시 단선으로 연결되고 서로 필수 조건에 해당한다. 채트먼은 『이야기와 담론』에서 "핵사건은 이야기-논리의 주요 방향을 지시하는 수직선에 의해 연결되며 사선들은 가능하지만 실현되지는 않은 서사적 진로를 가리킨다."[15]라고 언급하고 있다.

핵사건(a) 이후 신문 배달원을 그만두게 된 황수건이가 선택할 수 있는 길은 무엇일까. 이는 서사의 진로가 어떠한 방향으로 전개될 것인가와 맞닿아 있는 문제이다. 텍스트에서 서사의 진로는 황수건에 관한 일화를 소개하는 방향으로 나아간다. 황수건의 과거를 보여줌으로써 그가 현재의 배달원을 그만둘 수밖에 없는 상황을 부연하고자 하는 의도로 풀이된다. 과거 황수건이 몸담고 있었던 삼산학교에서의 사건과 색시에 관한 일화가 그것이다. 도 학무국에서 시학관이 나왔을 때 황수건은 엉터리 일본말을 함으로써 웃음거리가 된데다 종을 치는 것을 깜빡한다. 또한 어느 날은 봄날에 색시가 달아나기를 좋아한다는 말을 듣고는 오십 분 만에 쳐야 하는 종을 이십 분 만에 치고 만다. 결국 학교에서 쫓겨나게 되고 이 일을 계기로 신문 배달원이 되었고, 서울로 이사를 온 화자와 만나게 되는 것이다.

삼산학교에서의 사건은 시간상 과거에 해당하지만 서술적 측면에서는 현재의 관점이 반영된 것이다. 이 두 일화는 황수건의 현재와 과거

---

15 시모어 채트먼, 앞의 책, 71쪽.

의 삶을 대변하는 주변사건에 해당하며 핵사건(a) '신문 배달직 박탈'이라는 결과를 논리적으로 지지하는 원인 사건에 해당한다고 볼 수 있다. 배달원을 그만두게 된 원인이 과거의 삶이 배태하고 있는 '바보스러운 행위'에 기인한 바 크지만, 이 '바보스러운 행위'는 반드시 앞서 제시한 두 일화로만 설명되어지는 것은 아니다. 텍스트에 소개된 일화는 일부분일 뿐 주변사건의 분기적인 측면에서 본다면 또다른 원인들이 제시될 수 있을 것이다. 예를 들어 학교에서 아이들과 싸움을 했다든지 아니면 사고로 몸을 다쳤다든지 하는 상황이 있을 수도 있다. 물론 이러한 사건은 또다른 주변사건에 해당하는 것으로 핵사건(a)와 연계되며 하나의 선택적 사항이 된다. 이를 정리해보면 다음과 같다.

> 핵사건(a)-황수건이 신문 배달직을 박탈당한다.
> 주변사건①-삼산학교에서 시학관과 농담을 하다가 종치는 것을 잊어
>   버린다.
> 주변사건②-아내가 달아난다는 말에 종을 삼십 분 일찍 치고 만다.
> 주변사건③-학교에서 아이들과 싸움을 한다.
> 주변사건④-일을 하다 팔이 부러진다.

이처럼 핵사건은 여러 주변사건을 선택적으로 취사할 수 있는 위치에 놓여 있다. 반면 주변사건은 핵사건을 지지하고 핵사건에 의해 예시되는 피선택적 입장에 놓여 있는 것이다. 따라서 위의 주변사건 ③과 ④는 실지로는 텍스트상에 언표화되지 않았으며 개개인 독자의 상상 속에 내재될 가능성이 있다.

마찬가지로 핵사건(b)도 몇 개의 주변사건과 그리고 언표화되지 않은 사건과 연계되어 있다. 여기서도 주변사건은 핵사건을 예시하거나 회상하는 양상을 보인다. 잠적했던 황수건이 나타난 건 화자의 관점에서 볼 때 핵사건에 해당한다. 그의 등장이 없으면 더 이상 서사의 진전을 기대하기가 어렵기 때문이다.

시퀀스(3)에서 화자와 황수건과의 재회는 만남 그 자체에 관한 이야기와 황수건의 잠적 기간과 관련된 일화를 소개하는 형식으로 이루어져 있다. 대화를 통해 드러나는 황수건의 지난 행적은 이전의 상황과 별반 다르지 않다. 여전히 자신의 처지를 냉철하게 인식하지 못하는 바보의 이미지를 갖고 있다. 그는 화자에게 "선생님, 요즘 신문이 거르지 않고 잘 옵쇼?"라고 물으며 자신의 위치를 망각한 말을 한다. 또 하나는 이전의 삼산학교에 찾아가 자신을 다시 고용해 달라는 부탁을 하기도 한다. 그는 여전히 근력이 있다는 것을 보여주기 위해 교문 앞에다 큰 돌을 가져다 놨지만 누군가 치워버렸다고도 한다. 그러면서 마마 때문에 우두를 맞았지만 그로 인해 근력이 줄었으니 우두를 넣지 말라고 한다. 이에 화자는 "그렇게 용한 생각을 하고 일러 주러 왔으니 아주 고맙소."라고 대꾸하며 장사나 할 생각이라는 그의 말에 돈 삼원을 쥐어 준다. 화자가 굳이 돈을 건네며 장사를 하게끔 하는 것은 다음의 핵사건으로 연계되는 시퀀스(4)를 감안한 작가의 서술 전략 차원으로 읽힌다는 것이다.

여기에서 화자는 돈을 건네지 않고 다른 이에게 부탁해 황수건의 일자리를 알선할 수도 있다. 그러나 이것은 다음의 핵사건과 관련하여 볼 때 하나의 선택 사항에 불과하다. 즉 서사적 진로에 있어 주변사건은 무한히 많은 변주가 가능하다는 것이다. 그러나 작가가 핵사건과 인접하게 되는 주변사건을 선택하는 것은 플롯의 논리를 실현하기 위한 장치로 보인다. 그와 같은 관점에서 보면 시퀀스(4)는 다시 화자가 황수건과 재회를 하게 되고 장마 때문에 황수건이 참외장사를 작파하게 된 경위를 알게 되는 상황으로 연계된다. 다음은 시퀀스 (3)의 상황을 핵사건과 주변사건으로 분절해보면 다음과 같다.

핵사건(b) – 잠적했던 황수건이 다시 나타난다.
주변사건① – 배달원이 꼬박꼬박 신문을 넣고 있는가를 묻는다.
주변사건② – 삼산학교 교문에 돌을 갖다 놓았다는 이야기를 한다.
주변사건③ – 황수건에게 장사를 하라며 돈 삼원을 건넨다.
주변사건④ – 황수건에게 다른 취직 자리를 알선한다.

여기서 주변사건④는 작가의 전략적 선택에 의해 배제된 사건이자 독자의 상상력에 의해 존재할 수 있는 선택적 상황이다. 따라서 핵사건과는 직접적인 '선의 관계'로 연결되지는 않는다.

사실은 사물을 점의 상태로 고립시키지만 사건은 어떤 사물을 다른 사물들과 접속되는 선의 관계 속에서 파악한다. 사건의 선이 만들어내는 공동체 내에서의 의미란, 어떤 사물들을 어떻게 접속시키느냐에 따라 달라지며, 그것은 선의 기울기와 궤적으로 나타난다.[16] 이와 같은 사

---

16 나병철, 『소설과 서사문화』, 소명출판, 2006, 40쪽. 점과 선의 비유에 대해서는 들뢰즈·가타리, 김재인 역, 『천개의 고원』, 새물결, 2001, 367~394쪽 참조.

건의 선의 관계는 앞서 언급했던 제임슨의 서술에 대한 관점, 즉 '사회적인 상징활동으로서 계급투쟁에 대한 상상적 반응'이라는 의미로도 연계될 수 있다. 이는 핵사건과 주변사건이 어떻게 연계되느냐에 따라 작가의 상상적 반응이 다르게 발현될 수 있다는 것을 의미한다.

다시 말해 이 같은 관점은 '어떤 방식의 계열화(텍스트화)가 사건의 의미를 보다 복합적으로 드러낼 수 있느냐[17]의 문제와 직결된다. 이태준이 핵사건을 중심으로 취사 선택이 가능한 몇 개의 주변사건을 하나의 선의 관계로 직조화한 것은 기층민중에 대한 자신의 관점을 가장 효과적으로 드러내기 위한 서술 전략에서 비롯된 것으로 볼 수 있다. 이러한 전략은 대상에의 미시적인 접근이 아닌 일정한 '거리'를 통한 관조적 시선을 견지함으로써 달성된다. 한편으로 독자로 하여금 '틈'을 메우도록 강제하는 효과를 발휘하는데 이는 식민지 당대의 사회 현실뿐 아니라 현재에도 진행 중인 기층 민중의 현실에 대한 고발이라는 이중적 의미도 함의한다고 보여진다.

---

17 나병철, 위의 책, 54~55쪽 참조. 사건의 계열화는 거시적 차원에서 여러 가지 인물과 환경의 상호 관계로 연결된다. 미시적 차원에서 사건이란 사물들의 접속 관계(계열화)이지만 거시적 차원에서는 인물(행위자)과 환경(사회 체계)이 상호 연관되어 나타난다. 이 점에서 환경(사회 체계)과 다양한 관계를 이루는 인물(인간)이란 거시적 사건의 주체(행위자)라고 할 수 있다.

4. 패턴의 반복과 주제의식의 강화

「달밤」에서 눈에 띄게 구사되는 기법은 아이러니다. 이는 아이러니를 중심으로 또는 아이러니를 구사하기 위해 일정한 서사적 패턴이 반복적으로 구사되고 있다는 의미이다. 핵사건과 주변사건의 병립에 의한 서사의 전개에 있어 화자와 황수건은 시종일관 단선적 관계를 벗어나지 못한다. 즉 두 사람의 관계를 드러내는 방식이 급격한 변화에 의해 지지되는 것이 아니라 동일한 규범과 양상에 의개 견인되고 있다는 의미이다. 이러한 관계의 중심에 아이러니가 놓여 있다.

아이러니는 일반적으로 '겉으로 드러난 것과 실제 사실 사이의 괴리가 생긴 결과', '한 가지 일을 말하면서 그 반대의 뜻을 나타내는 것', '뜻하고자 하는 것의 반대의 말을 하는 것', '비웃고 조롱하는 것' 등을 뜻한다.[18]

아이러니는 소설의 제 요소 중 인물과의 관련성이 가장 깊다. 인물에 의해 기법이 발현되고 효과를 창출하기 때문이다. 황수건은 작가 이태준이 아이러니 방식을 구현하기 위해 창조한 인물로 개성이 넘치고 생동감이 있다. 그는 이태준이 「소설선후」에서 언급한 개성적인 인물에

---

18 D.C. 뮈케, 문상득 역, 『아이러니』, 서울대출판부, 1980, 32쪽. 뮤크는 아이러니를 상황의 아이러니와 말의 아이러니로 분류하였다. 어떠한 상황을 목격하거나 관찰한 사람이 그 상황을 아이러니컬하다고 생각함으로써 성립하는 것을 상황의 아이러니라고 하였다. 반면 말의 아이러니란 등장인물 또는 서술자가 행하는 문맥과 모순되는 발화 또는 제스츄어라고 정의할 수 있다. 소설 속에서 말의 아이러니는 상황의 아이러니에 의해 부수적으로 드러나는 경우가 많다.

해당한다. 이태준은 소설에 있어 중요한 것은 재료를 제작하는 솜씨에 있으며, 인물만 제대로 그려 놓으면 모든 것이 자연스럽게 드러난다고 신인들에게 말하고 있다.[19]

한편 어느 서술 상황이 특수한 측면에 의해 여러 가지 변조를 발생시키며 진행된다면 그것은 역동적인 과정으로 볼 수 있다. 반면 일정한 패턴에 의해 '규범적 유형'이 반복된다면 그것은 도식적인 서술 상황으로 볼 수 있다. 이것은 텍스트 전반에 걸쳐 서술 상황이 비교적 리듬이 약한 패턴에 의해 구속되고 있다는 것을 의미한다. 물론 「달밤」에 있어서의 도식적 양상은 다소 경직성을 부가하기도 하지만 여타의 당대 현실에 대한 부정적 의미를 제고하는 측면이 강하다.

슈탄젤은 하나의 서술 상황에서 다른 서술 상황으로 바뀌는 일이 매우 중요한 역할을 하는데 기본 형태소의 교체가 많고 서술 상황 간의 바뀜이 흔한 소설은 강한 소리가 나는 리듬을 갖는다고 본다. 반면 하나의 또는 두 개뿐인 기본 형태소와 일관되게 유지되는 하나의 서술 상황에 근거한 소설들은 비교적 리듬이 약하다는 견해를 피력한다.[20]

슈탄젤의 견해에 의거하면 「달밤」의 서술 패턴은 비교적 리듬이 약하고 단조로운 양상을 보인다고 할 수 있다. 대부분의 서술이 화자와 황수건이 나누는 대화 그리고 황수건을 둘러싼 일화를 소개하는 양상으로 전개된다. 그리고 이러한 서술 패턴를 지지하는 기법으로 아이러니

---

19 이명희, 『상허 이태준 문학세계』, 국학자료원, 1994, 128쪽; 이태준, 「소설선후」, 문장, 1939. 6, 134쪽.
20 프란츠 칼 슈탄젤, 김정신 역, 『소설의 이론』, 문학과비평사, 112~113쪽 참조.

가 빈번하게 쓰이고 아이러니에 의해 서술 상황이 연출되며 사건이 '선의 관계'로 분기된다.

① "그런뎁쇼, 왜 이렇게 죄꼬만 집을 사구 와곕쇼. 아, 내가 알았더면 이 아래 큰 개와집도 많은 걸입쇼……" 한다. 아 말이 황당스러 유심히 그의 생김을 내다보니 눈에 얼른 두드러지는 것이 **빡빡** 깎은 머리로되 보통 크다는 정도 이상으로 골이 크다. 그런데다 옆으로 보니 장구대가리다.

"그렇소? 아무튼 집 찾노라고 수고했소."

하니 그는 큰 눈과 큰 입이 일시에 히죽거리며,

"뭘입쇼, 이게 제 업인뎁쇼."

하고 날래 물러서지 않고 목을 길게 **빼어** 방 안을 살핀다. (256쪽.)

② "왜 그렇소?"

물으니 그는 얼른 대답하는 말이,

"신문 보는 집엔입쇼, 개를 두지 말아야 합니다."

한다. 이것 재미있는 말이다 하고 나는,

"왜 그렇소?"

"아, 이 뒷동네 은행소에 댕기는 집엔입쇼, 망아지만한 개가 있는뎁쇼, 아, 신문을 배달할 수가 있어얍죠."

"왜?"

"막 깨물랴고 덤비는걸입쇼."

한다. 말 같지 않아서 나는 웃기만 하니 그는 더욱 신을 낸다.

"그눔의 개, 그저 한번, 양떡을 멕여대야 할 텐데……"

하면서 주먹을 부르대는데 보니, 손과 팔목은 머리에 비기어 반비례로 작고 가느다랗다. (257쪽.)

③ 그러나 그는 늘 나보다 빠르게 이야깃거리를 잘 찾아냈다. 오뉴월인데도 "꿩고기를 잘 먹느냐?"고도 묻고, "양복은 저고리를 먼저 입느냐, 바지를 먼저 입느냐?"고도 묻고 "소와 말과 싸움을 붙이면 어느 것이 이기겠느냐?"는 등, 아무튼 그가 얘깃거리를 취재하는 방면은 기상천외로 여간 범위가 넓지 않은 데는 도저히 당할 수가 없었다. 하루는 나는 "평생 네 소원이 무엇이냐?"고 그에게 물어 보았다. 그는 "그까짓 것쯤 얼른 대답하기는 누워서 떡먹기"라고 하면서 평생 소원은 자기도 원배달이 한번 되었으면 좋겠다는 것이었다. (258쪽.)

위의 인용문들은 화자와 황수건의 대화에 의해 서술이 진행되고 있음을 보여주는 사례다. 주로 화자는 듣거나 간단한 질문을 하는 편이고 황수건은 동문서답식의 말을 장황하게 함으로써 희극적 상황이 펼쳐지도록 한다. 황수건은 자신이 처한 운명이 무엇에서 연유되고 있는지 정확히 알지 못한다는 인상을 줌으로써 화자와 독자들로 하여금 그것의 연유를 깊이 있게 숙고하도록 강제하는 역할을 수행하는 것이다. 그 역할은 바로 '말의 아이러니'를 통한 시대와 운명에 대한 조롱과 조소이다. 이는 노스럽 프라이가 지적한 대로 "아이러니 양식에서는 보통 사람보다도 열등한 인물이 주인공 역할을 맡는다."[21]라는 견해와 맥을 같이 하는 것이다.

위에서 보듯 작가는 말의 아이러니를 구체화하는 방법으로 '대화→지문→대화→지문'의 형식을 반복적으로 구사하고 있다. 대화의 양상에 있어서는 '질문(화자), 응답(황수건-말의 아이러니)'또는 '질문(황수건

21 노스럽 프라이, 임철규 역, 『비평의 해부』, 한길사, 2000, 28쪽.

─말의 아이러니), 응답(화자)'이라는 일정한 패턴에 의해 도식적인 서술을 전개하고 있다. 또한 말의 아이러니를 구사하는 황수건의 발화는 긴 데 반해 그것에 응대하는 화자의 발화는 지극히 짧다는 특징을 지닌다. 그것은 독자로 하여금 황수건의 언술에 귀를 기울이고 그러한 언술의 배경을 당대와 연관시켜 숙고하라는 의미이다. 즉 비교적 리듬이 약한 서술적 상황에서 제시되는 바보 황수건은 당대 시대의 부조리가 낳은 전형적인 기층민이라는 것이다.[22]

한편 「달밤」에서는 '상황의 아이러니' 또한 반복적으로 구사되고 있다. 황수건을 둘러싼 에피소드가 대표적인 사례이다. 시퀀스(2)와 시퀀스(3)에서 소개하고 있는 일화는 상황의 아이러니가 어떻게 텍스트화되고 있는지를 보여준다.

④ 삼산학교에 급사로 있을 시대에 삼산학교에다 남겨 놓고 나온 일화도 여러 가지라는데, 그중에 두어 가지를 동네 사람들의 말대로 옮겨 보면, 역시 그때부터도 이야기하기를 대단 즐기어 선생들이 교실에 들어간 새, 손님이 오면 으레 손님을 앉히고는 자기도 걸상을 갖다 떡 마주놓고 앉는 것은 무론, 마주 앉아서는 곧 자기류의 만담삼매로 빠지는 것인데 한번은 도 학무국에서 시학관이 나온 것을 이 따위로 대접하였다.   (261쪽.)

⑤ "그래섭쇼, 엊저녁엔 큰 돌멩이 하나를 굴려다 삼산학교 대문에다 놨습죠. 그리고 오늘 아침에 가 보니깐 없어졌는뎁쇼, 이 녀석이 나처럼 억

<hr>

22 장영우는 이태준이 어리숙한 바보인물의 우스꽝스러운 언행을 통해 일제를 간접적으로 양유良莠·풍자하고자 한 것으로 본다. 장영우, 앞의 책, 138쪽.

지루 굴려다 버렸는지, 뻔쩍 들어다 버렸는지 뻔쩍 못 봤거든입쇼, 제―
길……"
(263쪽.)

텍스트에서 상황의 아이러니는 만남과 잠적이라는 시간의 흐름과
연계되어 펼쳐진다. 인용문들은 화자가 황수건을 만나기 이전 상황과
만남 이후 다시 잠적해 버린 상황에서 벌어진 에피소드다. ④의 경우는
만남 이전에 있었던 일화로 '바보 황수건'에 대한 정보를 제시하고 있으
며 ⑤는 이미 '바보 황수건'에 대한 기본적인 정보를 독자가 알고 있다는
전제하에 '더 바보스러워진 황수건'의 현재의 모습을 제시한다. 이러한
제시는 그러한 상황을 불러온 시대와 황수건 자신이 처한 상황에 대한
조소를 화자의 시각을 통해 전달하는 방식이다. 물론 화자는 이때도 구
체적인 발화를 하거나, 황수건 입장에 대해 두둔을 하거나 직접적인 시
대에 대한 비판을 하지는 않는다. 극적인 방식으로 표현한다면 어디까
지나 황수건을 위한 조력자의 위치에 머물고 있을 뿐이다.

「달밤」에서 상황의 아이러니를 제시하는 방식은 '만남 이전의 아이
러니컬한 상황→만남→아이러니컬한 상황의 제시'와 '아이러니컬한 상
황→재회→더욱 아이러니컬한 상황의 제시'라는 동일 패턴에 의해 구사
되고 있다. 여기에서 주목할 점은 이후의 아니러니는 이전의 상황보다
훨씬 더 강도가 강한 양상으로 전개된다는 사실이다. 그것은 '바보 황수
건'이 대면하고 있는 현실이 고통스러운 시대와 맞물려 갈수록 암담한
상황으로 전개되고 있음을 의미하며 한편으로 시대를 막론하고 기층 민
중의 삶은 쉽사리 개선되기 어렵다는 작가의 부정적인 인식이 투영된

결과로 보인다.

　물론 이러한 동일 패턴과 경직된 서술 리듬에 의한 전개가 구조적인 측면에서 서사성을 위축시키는 면이 없지 않다. 그러나 이것은 주인공이 '바보'라는 점 그리고 그러한 바보는 식민지라는 '바보시대'가 낳은 산물이라는 점을 의미하며 무엇보다 '바보'들에 대한 조소와 풍자는 다소 경직된 리듬에 의한 서술적 접근이 효과적이라는 작가의 전략이 반영된 것으로 풀이된다.

5. 나오며

지금까지 본고는 이태준의 「달밤」에 드러나 있는 서술적 특질에 대해 고찰하였다. 그 결과 시점의 변화에 의한 서술 수준 통제, 핵사건과 주변사건의 병립, 반복적 패턴과 아이러니가 주요 서술 전략으로 구사되고 있음을 확인할 수 있었다.

　먼저 서사의 진행과 함께 화자의 시선과 '태도' 그리고 '입각점'은 관찰 대상의 외부로부터 점차 화자 자신의 내부로 옮겨지는 현상이 나타난다. 이는 '바보'황수건의 행위를 보여주는 차원에서 점차 화자 자신의 관점을 일정부분 투영하는 방향으로 변하고 있다는 의미로 작가가 화자와 관찰 대상, 화자와 인물, 화자와 독자와의 거리를 좁힘으로써 작가적 담론을 견인하기 위한 장치로 보인다.

　「달밤」은 황수건의 신문배달원직 박탈과 잠적이라는 핵사건을 중심으로 몇 개의 주변사건이 하나의 선의 관계로 직조화 된 소설이다. 이러한 핵사건과 주변사건의 연쇄는 작가가 황수건으로 대변되는 기층 민중에 대한 자신의 관점을 가장 효과적으로 드러내기 위한 서술 전략으로 보인다. 그것은 대상에의 미시적인 접근이 아닌 일정한 '거리'를 통해 관조적 시선을 견지하게 함으로써 당대의 사회 현실이 주는 의미를 성찰할 수 있는 기회를 제공해주기 때문이다.

「달밤」의 서술 패턴은 비교적 리듬이 약하고 단조로운 양상을 보인다. 대부분의 서술이 화자와 황수건이 나누는 대화 그리고 황수건을 둘러싼 일화를 소개하는 양상으로 전개된다. 이는 '말의 아이러니'와 '상황의 아이러니'를 가장 효과적으로 전달할 수 있는 전략의 일환으로 황수건이라는 바보를 통해 그러한 인물을 탄생시킨 '바보시대'와 여타의 '바보'들에 대한 조소와 풍자를 가하기 위한 전략으로 풀이된다.

참고문헌

제1장 공지영 소설 『별들의 들판』의 화자 담론 연구

〈기본자료〉

공지영, 『별들의 들판』, 창비, 2004.

〈단행본 및 논문〉

공지영, 『별들의 들판』 작가의 말, 창작과비평사, 2004.

김병욱, 「언어 서사물에 있어서의 공간의 의미」, 『문학이론의 경계와 지평』, 한
　　　국문화사, 2004.

김양선, 「주관적 시대와 여성 현실, 멜로드라마적 상상력의 변이−공지영론」, 『허
　　　스토리의 문학』, 새미, 2003.

김욱동, 『대화적 상상력−바흐친의 문학이론』, 문학과지성사, 1988.

방민호, 「베를린, 서울 또는 부동(浮動)하는 현재와 새로운 삶」, 『별들의 들판』
　　　해설.

수잔 스나이더 랜서, 김형민 역, 『시점의 시학』, 좋은날, 1998, 8쪽.

시모어 채트먼, 한용환 역, 『이야기와 담론』, 고려원, 1991.

에드문트 후설, 이종훈 역, 『시간의식』, 한길사, 1996.

윤인진, 『코리안 디아스포라』, 고려대학교출판부, 2004.

이정희, 『여성의 글쓰기, 그 차이의 서사』, 예림기획, 2003.

이진경, 「문학-기계와 횡단적 문학」, 『들뢰즈와 문학기계』, 소명출판, 2002.

정은경, 『디아스포라』, 이룸, 2007.

제랄드 프랭스, 『서사학이란 무엇인가』, 1999.

최강민 외, 『비평, 90년대 문학을 묻다』작가와 비평편, 여름언덕, 2005.

최재철 외, 『소수집단과 소수문학』, 월인, 2005.

패트릭 오닐, 이호 역, 『담화의 허구』, 예림기획, 2004.

Joseph A. Kestner, *The Spatiality of the Novel*, Wayne State University Press, 1978.

Mieke Bal, "Narration et focalisation" (Poetique, 29[1977]), pp.107~27)

제2장 권여선 소설의 서술 전략과 미학

〈기본자료〉

권여선, 「사랑을 믿다」, 『2008 이상문학상 작품집』, 문학사상사, 2008.

_____, 『분홍리본의 시절』, 창작과비평사, 2007.

_____, 『푸르른 틈새』, 살림, 1996.

〈단행본 및 논문〉

게오르그 루카치, 반성완 역, 『루카치 소설의 이론』, 심설당, 1985.

권지예, 「드러내지 않은 것에서 진실을 보게 하다」, 『2008 이상문학상 작품집』 심사평, 문학사상사, 2008.

김영찬, 「괴물의 윤리」, 『분홍리본의 시절』 작품론, 창비, 2007.

_____, 「사랑의 교환 경제와 체념의 윤리」, 『2008 이상문학상 작품집』 작품론, 문학사상사, 2008.

르네 지라르, 김진식 역, 『문화의 기원』, 에크리, 2006.

_____, 김치수·송의경 역, 『낭만적 거짓과 소설적 진실』, 한길사, 2001.

멘딜로우, 최상규 역, 『시간과 소설』, 예림기획, 1998.

시모어 채트먼, 한용환 역, 『이야기와 담론』, 고려원, 1991.

움베르토 에코, 김광현 역, 『해석의 한계』, 열린책들, 1995.

자크 레에나르트, 허경은 역, 『소설의 정치적 읽기』, 한길사, 1995.

차봉희, 『문학텍스트의 전통과 해체 그리고 변신』, 문매미, 2002.

프란츠 칼 슈탄젤, 김정신 역, 『소설의 이론』, 문학과비평사, 1990.

제3장 박완서 자전소설의 텍스트 형성 기제와 서사 전략

〈기본 자료〉

박완서, 『나목』, 세계사, 1995.

____, 『목마른 계절』, 세계사, 1994.

〈단행본 및 논문〉

P. 르죈, 윤진 역, 『자서전의 규약』, 문학과지성사, 1998.

R. 월하임, 『프로이트』, 시공사, 1999.

S. W. 도슨, 『극과 극적 요소』, 서울대출판부, 1981.

S. 리몬 캐넌, 최상규 역, 『소설의 시학』, 예림기획, 1985.

S. 프로이트, 『정신분석강의』, 열린책들, 1997.

게오르그 루카치, 반성완 역, 『소설의 이론』, 심설당, 1985.

김경수, 「여성 경험의 소설화와 삽화형식」, 『현대소설』 겨울호, 현대소설사,
　　　1991.

미케 발, 한용환·강덕화 역, 『서사란 무엇인가』, 문예출판사, 1999.

백지연, 「폐허 속의 성장」, 『박완서 문학 길찾기』, 세계사, 2000.

소영현, 『나목』해설, 세계사, 1995.

손윤권, 「박완서 자전소설 연구-상호텍스트 안에서 담화가 변모하는 과정을 중심으로」, 강원대 대학원 석사논문, 2004.

이선미, 「박완서 소설의 서술성 연구」, 연세대 대학원 박사논문, 2000.

이정희, 「트라우마와 여성 성장의 두 구도」, 『고황논집』, 경희대학교, 1999.

패트릭 오닐, 이호 역, 『담론의 허구』, 예림기획, 2004.

제4장 박완서 대중소설의 서사성 연구

〈기본자료〉

박완서, 『그해 겨울은 따뜻했네』, 세계사, 1994.

_____, 『도시의 흉년』, 세계사, 1994.

_____, 『오만과 몽상』, 세계사, 1994.

_____, 『욕망의 응달』, 세계사, 1994.

_____, 『휘청거리는 오후』, 세계사, 1994.

〈단행본 및 논문〉

S. W. 도슨, 천승걸 역, 『극과 극적 요소』, 서울대 출판부, 1981.

구스타프 프라이탁, 임수택·김광요 역, 『드라마의 기법-고전비극의 이념구 구조』, 청록출판사, 1992.

권명아, 「「가족의 기원」에 관한 역사소설적 탐구」, 『그해 겨울은 따뜻했네』, 세계사, 1994.

김창남, 『대중문화의 이해』, 한울아카데미, 1998.

나병철, 『소설과 서사문화』, 소명출판, 2006.

노스럽 프라이, 임철규 역, 『비평의 해부』, 한길사, 2000.

대중문학연구회 편, 『대중문학이란 무엇인가』, 평민사, 1995.

로버트 숄즈·로버트 켈로그, 임병권 역, 『서사의 본질』, 예림기획, 2001.

르네 지라르, 김치수·송의경 역, 『낭만적 거짓과 소설적 진실』, 한길사, 2001.

송태현, 『상상력의 위대한 모험가들: 융, 바슐라르, 뒤랑－상징과 신화의 계보학』,
　　　살림, 2005.

신철하, 「이야기와 욕망」, 『박완서 문학 길찾기』, 세계사, 2000. 252쪽.

오생근, 「대중문학이란 무엇인가」, 『문학이란 무엇인가』, 문학과지성사, 1976.

유태영, 『현대소설론』, 국학자료원, 2001.

이선미, 「박완서 소설의 서술성 연구」, 연세대 박사논문, 2000.

이혜령, 『한국소설과 골상학적 타자들』, 소명출판, 2007.

이홍진, 「박완서 초기장편소설 연구」, 계명대 석사논문, 1995.

임영호 편역, 『스튜어트 홀의 문화이론』, 1996.

임환모, 『한국 현대소설의 서사성과 근대성』, 태학사, 2002.

정덕준 외, 『한국의 대중문학』, 소화, 2001.

제랄드 프랭스, 최상규 역, 『서사학이란 무엇인가』, 1999.

천이두, 「대중문학의 성격과 기능」, 『대중문학이란 무엇인가』, 대중문학연구회
　　　편, 평민사, 1995.

최경희, 「「어머니의 법과 이름으로」-「엄마의 말뚝」의 상징구조」, 『박완서 문학
　　　길찾기』, 세계사, 2000.

최미진, 『한국 대중소설의 틈새와 층』, 푸른 사상, 2006.

〈기본자료〉

1. 자전적 소설

박완서, 『그 많던 싱아는 누가 다 먹었을까』, 웅진출판, 1992.

_____, 『그 산이 정말 거기 있었을까』, 웅진출판, 1992.

_____, 『나목』, 세계사, 1995.

_____, 『목마른 계절』, 세계사, 1995.

2. 대중소설

박완서, 『그해 겨울은 따뜻했네』, 세계사, 1994.

_____, 『도시의 흉년』, 세계사, 1994.

_____, 『오만과 몽상』, 세계사, 1994.

_____, 『휘청거리는 오후』, 세계사, 1994.

3. 페미니즘소설

박완서, 『그대 아직도 꿈꾸고 있는가』, 세계사, 1999.

_____, 『살아 있는 날의 시작』, 세계사, 1993.

_____, 『서 있는 여자』, 세계사, 1995.

〈단행본 및 논문〉

P. 르죈, 윤진 역, 『자서전의 규약』, 문학과지성사, 1998.

S. 리몬 캐넌, 최상규 역, 『소설의 시학』, 문학과지성사, 1985.

고은미, 「여성소설의 어제와 오늘」, 『여성문학의 이해』, 태학사, 2007.

김도남, 『상호텍스트성과 텍스트 이해 교육』, 박이정, 2003.

김창남, 『대중문화의 이해』, 한울아카데미, 1998.

다게무라 가즈코, 이기우 역, 『페미니즘』, 한국문화사, 2000.

대중문학연구회 편, 『대중문학이란 무엇인가』, 평민사, 1995.

박성천, 「박완서 대중소설의 서사성 연구」, 『한국문예창작』 21, 한국문예창작학
　　　회, 2011.

방민호, 「불결함에 맞서는 희생제의의 전통성」, 『오만과 몽상』 해설, 세계사,
　　　1994, 449쪽.

손윤권, 「박완서 자전소설 연구-상호텍스트 안에서 담화가 변모하는 과정을 중
　　　심으로」, 강원대 석사논문, 2004.

스티븐 코핸·린다 샤이어스, 임병권·이호 역, 『이야기하기의 이론-소설과 영화
　　　의 문화 기호학』, 한나래, 1996.

시모어 채트먼, 한용환 역, 『이야기와 담론』, 고려원, 1991.

신철하, 「이야기와 욕망」, 『박완서 문학 길찾기』, 세계사, 2000.

어도선, 김상환·홍준기 역, 「라깡과 문학비평」, 『라깡의 재탄생』, 창작과비평사,
　　　2002.

이경호·권명아 엮음, 『박완서 문학 길찾기』, 세계사, 2000.

이석규, 「텍스트성」, 이석규 편, 『텍스트 분석의 실제』, 역락, 2003.

이재선, 『현대한국소설사』, 민음사, 1991.

이정희, 「오정희·박완서 소설의 근대성과 젠더의식 비교 연구」, 경희대 박사논
　　　문, 2001.

장 라플랑슈·장 베르트랑 퐁탈리스 공저, 임진수 역, 『정신분석사전』, 열린책들,
　　　2005.

정덕준 외, 『한국의 대중문학』, 소화, 2001.

줄리아 크리스테바, 서민원 역, 『세미오티케-기호분석론』, 동문선, 2005.

지그먼트 프로이트, 임홍빈 역, 『정신분석 강의』, 열린책들, 2003 재간.

천이두, 「대중문학의 성격과 기능」, 대중문학연구회 편, 『대중문학이란 무엇인

　　가』, 평민사, 1995.

패트릭 오닐, 이호 역, 『담화의 허구』, 예림기획, 2004.

한용환, 『소설학 사전』, 문예출판사, 1999.

허재영, 「텍스트 분석과 텍스트 언어학의 전망」, 이석규 편, 『텍스트 분석의 실
　　제』, 역락, 2003.

제6장 이태준 소설 「달밤」의 서술 전략

〈기본자료〉

이태준, 「달밤」, 『달밤』, 깊은샘, 1995.

〈단행본 및 논문〉

D. C. 뮈케, 문상득 역, 『아이러니』, 서울대출판부, 1980.

강진호, 「이태준 연구」, 고려대 석사학위 논문, 1987.

공종구, 「이태준 초기소설의 서사지평 분석」, 『先満語文』23집, 서울대학교 국
　　어교육과, 1995.

김기림, 〈스타일리스트 李泰俊氏를 論함〉, 조선일보, 1933.

김우종, 『한국 현대소설사』, 선명문화사, 1968.

김종갑, 「서술이론과 문학연구」, 『서술이론과 문학비평』, 서울대학교 출판부,
　　1999.

김지혜, 「이태준 중단편소설 연구」, 전남대학교 석사논문, 1995.

김현숙, 「이태준 소설의 기호론적 연구」, 이화여대 박사학위 논문, 1991.

나병철, 『소설과 서사문화』, 소명출판, 2006.

노스럽 프라이, 임철규 역, 『비평의 해부』, 한길사, 2000.

들뢰즈·가타리, 김재인 역, 『천개의 고원』, 새물결, 2001.

송인화, 『이태준 문학의 근대성』, 국학자료원, 2003.

수잔 스나이더 랜서, 김형민 역, 『시점의 시학』, 좋은날, 1998.

시모어 채트먼, 한용환 역, 『이야기와 담론』, 고려원, 1991.

안남연, 「이태준 장편 소설 연구」, 한국외대 박사학위 논문, 1993.

이명희, 「이태준 문학 연구」, 숙명여대 박사학위 논문, 1993.

＿＿＿, 「李泰俊 소설의 技法과 構成法」, 숙명여대 한국어문학연구, 『어문논집』,
　　　1994.

＿＿＿, 『상허 이태준 문학세계』, 국학자료원, 1994.

이병렬, 「이태준 소설의 창작 기법 연구」, 숭실대 박사학위 논문, 1993.

이익성, 「상허 단편소설 연구」, 서울대 석사학위 논문, 1987.

이태준, 「소설선후」, 문장, 1939.

장영우, 『이태준 소설연구』, 태학사, 1996.

정현숙, 「예술가 의식과 사회의식－이태준 「장마」를 중심으로」, 강원대 국어교
　　　육과 『어문학보』 17집, 1994.

프란츠 칼 슈탄젤, 김정신 역, 『소설의 이론』, 문학과비평사, 1990.

Abstract

Chapter 1 A study on the Narrator Discourse of 'The Field of the Stars' by Gong, Ji-Young: Focusing on 'The Field of the Stars' series 1-6

'The Field of the Stars' series in Gong's novel 'The Field of the Stars' not only views 70-80s in terms of 2000s, it's also the product of writer's private desire to interpret the hardships of parents generation by overlapping them onto the lives of current generations. Though, as some pointed out, this series might reproduce the melodramatic elements and tautological description inherent in her earlier novels, it has some implication in that beyond the frame of generation and period it embodies time and history of the past through her distinctive narration.

Narratic aspects in the text may be characterized by the commingling of the public narrator, the private narrator and the focalizer. While the public narrator, represented by the writer-character, does the functions to drive the entire text, the private narrator, a being chained to the extensity inherent in 'Germany' and 'Korea', reflects narrative function. On the other hand, the focalizer who feels and perceives everything is subject to both 'public and private narrator, and serves to more reflect public narrator's position characteristic of writer-character now and that of private narrator characteristic of fictional characters in the text and again, as things go.

On the other hand, the writer works as an extratext narrator to shout to the extrafictional world with the aim of communicating with the audiences. Presuming that the extrafictional voice may be "the vehicle that the writer could use the most immediately," this strategy would be viewed as the product of writer's deliberate discourse to interweave the lives of past character and those of the present.

This multi-facet narrator strategy may reveal the writer Gong's perception that 'Berlin'-fictitious place in the text-is co-existent in the present beyond the time. In other words, the four Berlin - 'Berlin in the text,' 'Berlin as a proper noun,' 'Berlin that the writer contemplates' and the 'Berlin embodied through the audiences' practice of reading' - exist as a cognominal multiple cities extending the extensity. This would be interpreted as the product of writer's private desire to view the past and present as a united world, not dividend one.

Characters represented in the text are all like the 'star' that appeared in 'Field', the stage of life. The sentiments awakened by 'Berlin' and 'Diaspora' shown in the characters prodoxically represent the questions of present life. "Time has gone and nobody can repair it, but one thing we can do. That's Remembering, Don't Forgetting, whether remembering the wound... ..., Choosing it"('The Field of the Stars'-Berliners 6, p.248). This monologue of the heroine Su-Yeon's may reveal some cross-sections of narrative's essence, in addition to the writer's message that life is Remembering, Don't Forgetting, and Choosing it.

Key words: diaspora, public narrator, private narrator, focalizer, extrafictional voice.

Yeuseun Guen's 「I believe in Love」 address love -mankind's' universal desire and keep an eye on the variable "crossing each other" interwoven between sujet, objet and médiateur du désir. This paper inquires into the changeability of désir-love, the characteristics of narrative structure which drives the text, and the descriptive aspect of concealment mechanism. Text is structured by pattern. in unmatched love, showing strategy, bi-emotion. These pattern have many interpretation to the readers. The change of object to desire - distance - reveal that love is an emotional repeating ebbs and flow and variation, not eternal one.

　　　　　　　　　　　　　　　　　　　　　　　　　　　　
　　　　「I believe in Love」 presents three romances; that of the narrator's, that of the woman the narrator loved, and that of her friend. The interiorization, 'love story of narrator's' drives the exteriorization, 'those of the other two'; thereby redoubling the richness in stories and multiplicity of meaning. Moreover, the open plot contains functions to suggest the universal property of the following three qualities: changeability of desire; complexity of life; and desire named love.

　　　　Reminiscence style in 「I believe in Love」 to wind off the stories of three characters aims basically at open narrative structure. The openness of plot in text unveils the changeability of desire, the complexity of life and the psychological attitude and point-of-view of narrator who transfers the former two. That is, the narrative attached to the text gets beyond the simple storyline and contains the function to force meeting and parting between characters, thereby acting as a motif to widen the story.

　　　　The unique romance novel arrive at conclusion, There is no unchanged in life and love. Life is story and opened space. This suggests that writer's design and interpretation of the texts could be accomplished only by readers' participation. Meanwhile frequent change of time seems to imply writer's design; that life is narrative itself; that there exist countless forms of love and broken-heart inherent in life. In other words, beneath the presupposition-'I Believe in Love"- lies the truth as simple as daylight, 『Love will change』.

Keyword: Narrative Strategy, desire, exchange value, distance, narrative structure.

Chapter 3 Text Fogmation Mechanism and Narrative Strategy
in *A Naked Tree* and *Thrity Seasons*.

IN Park, Wan-seo's autobiographical novels, A Naked Tree and Thrity Seasons, characterization is truthfully attached to trauma? that is the Korean War. IN those two novels, the war varies on themes in accordance with narrative strategy. The war 재란 as an agent to revel a grand hypocrisy of human life. In other words, through the agent of the war, double-faced human nature is disclosed, and as a result of it one can find his/her self.

In the novels, plots are archetypical. Death is a moust important event and plays a central role. Most of all, death is a crucial motif to weave the narrative: the death of the "brother" and its post-traumatic symptoms precipitate further incidents in the novels. As a text, each novel has its one plot, which is at the same time interconnected with each other, forming a united plot into well-constructed wholeness.

In general "narrative space" opens up in a storyteller's life in which he/she reflects his/her own attitude to life. In Park's autobiographical novels, however, "autobiographical space" can be conceived both as a site of digging up traumatic memories and as a scheme to produce narrative means. In those two novels, autobiographical space is evidently a "house" on and in which the writer reflects her thought of war and life. The house, as a site of memory, create a physical space for the war narratives and expands its territory to a discourse space for reflection on the war.

key words: narrative strategy, motif, narrative space, autobiographical space: unified plot.

Chapter 4 A study on narrative in Park, Wan-Seo's popular novel

The prominent characteristic of Park's novel lies in implementing multiple narratives. In 「The Winter of the Year Was Warm」 「Staggering Afternoon」 「A Lean Year of City」 「The Shade of Desire」 「Pride and Daydream」 main narrative reveals city middle classes' falsehood and hypocritical landscape. There also exist in common many branches of narrative in these texts. In any case main narrative is the one which draws another one, and other narratives can be referred to as second and third narrative. Main narrative converges into second and third one; this network acts as a catalyst to implement multiple narratives in overall context.

Furthermore, Park makes frequent use of dramatic devices in her popular novel. This is somewhat relevant to the fact that original text is newspaper series. Park borrows such devices as a part of narrative strategy, like the newspaper series novel which has commands of dramatic effect, such as situation or irony, to meet desires of the public.

「The Winter of the Year Was Warm」 「The Shade of Desire」 in general, focus on the dramatic device by situation; whereas 「Staggering Afternoon」 「The Lean Year of City」 and 「Pride and Daydream」 highlight the transformation of character's inner world & deed by situation.

Another characteristic of Park's novel is expansion of meaning that several level voice make. In a like 「The Winter of the Year Was Warm」 and 「The Shade of Desire」 as a novel of heroine reveal repeatedily in the women's conversation that named 'chattering.' related motifs; on the other hand, it acts as a device to strengthen the subject and meaning via repetition.

Extending into diverse meaning in internal context: It is characteristic of narrative as narrative strategy; It drives the transition of events; in itself exhibits dynamics; vitalize the narrative structure and makes readers firmly maintain freedom of interpretation. After all, it can be known that it originates from the writer's narrative strategy to reveal and extend the subject, 'disclosure of falsehood and hypocrisy in our generation.'

Key words: narrative, dramatic devices, transformation, discourse, narrative strategy, dramatic effect

Chapter 5 A study on intertextuality in Park, Wan-Seo's novels : focusing on novels

As we saw through his novels until now, we knew that the texts of Park's novels were placed in giving effects each other. Autobiographic novels, popular novels and feminism novels have relations of intertextuality; that is to say, Framework of each textual situation and first experience, systems of storyline and unified structure, and the change of perception and pulled subjectivity in the aspects of discourse.

The textuality that appears in an autobiographic novel is placed in the close relationships with elder brother's death. It means that the repetition by some trans-formation and difference through brother's death works at least as trauma in his novel - and also that the desperate situation during the war was set up to fixed frame. Especially transforming information of surrounding that death shows a fact that the writer's strategy which includes text product and acceptance is put in each process and the meaningful relationship of realizing textuality.

In popular novels, the specific cases or behaviors such as sexual relationship, marriage and pregnance are collected by the network of case and effect. A series of cases in inner-form is organized by the transformation and absorption. At this moment, the main case is not only to lead a dynamic story but also to become a factor of revealing fake consciousness. Any case else which is drawing, delaying and isolating the case acts the accusation of social condition in desire as the concrete strategy about writer's discourse.

Feminism novels are focused on not only getting out of patriarchal systemic home and androcentric thoughts but (also) daring self-support. The relationship with a mother-in-law, trouble with a husband and a suppression and so on, which are repeated many times by transformation and difference. These aspects are also unfold by author's plan to achieve intended a target in a process lost individuality, contradiction cognition, force of will of execution, previous of trial.

Like this, looked into the textuality in implication of Park wan-seo's novels. We could know a fact that the nework in cause and effect of text which is repeated by diverergence and transformation was caused ultimately from writer's strategy to share the story with readers. As a reslut, it is concluded that text is a one process and a life having meanigful relation at the same time.

Key words: intertextuality, plan, popular novel, feminism novel, autobiographic novel, transition, desire, variation.

Chapter 6   Narrative Strategies in Tae-Joon Lee's 'Moonlit Night'

So far, this paper investigated narrative qualities in 'Moonlit Night' by Tae Joon Lee. And so it might be confirmed that narrative-level control through changes in viewpoint, compatibility of core and incidental events, repetitive pattern and irony are implemented as major narrative strategies.

First of all, with the progression of narrative, speaker's angle, attitude and viewpoint are gradually shifted from external subjects into speaker's own inner space. It indicated that the speaker's angle is changed from showing the acts of 'idiot' Soo-Goon Hwang into reflecting some of speaker's own viewpoints. It seems like a mechanism to drive writer's discourse, by narrowing the gap between speaker & subject, speaker & character, and speaker & audiences.

"Moonlit Night" is a novel where the core event – Hwang's dismissal as a newspaper distributor and his subsequent seclusion - and a few incidental events were interwoven in a linear form. The chains of core and incidental events looks like a narrative strategy to effectively show writer's viewpoint on low-class people Hwang stands for. This provides an opportunity to firmly maintain a contemplative attitude by keeping a constant 'distance' away, rather than placing microscopic eyes on subjects, thereby reflecting on contemporary phase of times.

The narrative pattern in 'Moonlit Night' is a little bit short of rhythm, and monotonous. Most of the narratives develop with dialogues between speaker and

Hwang, and introduction of Hwang's anecdotes. This can be explained that this novel casts Hwang as an element of strategies to deliver the 'irony of language' and 'irony of situation' in the most effective way possible, and pours scornful laughs and satires onto 'idiot era' and 'all other idiots' that gave birth to Hwang himself.

Key words: Narrative Strategy, viewpoint core event, incidental event, irony.

초출일람

찾아보기